Das WOK Kochbuch

120 leckere und beliebte Rezepte aus der Vielfalt und exotischen asiatischen Küche. Für die einfache und schnelle Küche mit veganen, vegetarischen, Fleisch- und Fischgerichten.

ISBN: 9798714131042

Inhaltsverzeichnis

Inhaltsverzeichnis

Inhaltsverzeichnis

Wer hat den Wok erfunden?

Der Ursprung des Wok lässt sich bis nach China zurückverfolgen. Hier dürfte auch die Kinderstube dieses Produkts liegen. Vor rund 3.000 Jahren wurde der Wok in Guangdöng erstmals hergestellt. Die Menschen hatten wenig Rohmaterial, wenige Lebensmittel und noch geringere Möglichkeiten, sich etwas zuzubereiten.

Aus der Not heraus wurde das Essen sehr klein geschnitten und in einen runden Topf gegeben - kantonesisch Wok!
Das war die Geburtsstunde des ersten Wok, der nach und nach entsprechend weiterentwickelt wurde.

Der Wok wurde ursprünglich für Mais hergestellt. In diesem Zusammenhang wurde festgestellt, dass sich die runde Form des Kochgeschirrs als sehr vielseitig einsetzbar erwies und aus dieser Erfahrung heraus der heutige Wok entstanden ist. Der Wok wird in Asien überwiegend aus Eisen, Kalk und aus schwefelarmen Gestein (aus China) bei über 2000 °C in Form gegossen.

Der Wok ist im eigentlichen Sinne ein Kochgefäß, das sich insbesondere für das Garen über offenem Feuer eignet. Der Wok wird seit Urzeiten in der chinesischen sowie der süd- und südostasiatischen Küche eingesetzt.

In diesem Sinne gleicht der Wok bis auf sein Einsatzgebiet jeder Pfanne oder Kasserolle. Eigentlich ist der Wok eine Erfindung der armen Leute. Nur die höher Gestellten konnten sich einen gemauerten Ofen leisten, während das ärmere Volk im Wok auf offenen Feuerquellen zubreitete.

Wok Vs. Pfanne

Wok und Pfanne gleichen sich, dennoch ist die Pfanne anders geformt.

Vor allem in der Höhe des Randes unterscheiden sich Pfanne und Wok. Der Boden des Wok ist meist abgerundet, während der Pfannenboden eher flach ist.

Der Wok ist dafür konzipiert, auf jeder Art Hitzestelle verwendet werden zu können. Somit ist er vielseitig einsetzbar, ohne dass dafür eine spezielle Beschichtung erforderlich ist.

Die besondere Form des Wok ermöglicht eine gleichmäßige und damit bessere Hitzeverteilung als eine Pfanne. Somit ist es im Wok wesentlich einfacher, genau auf den Punkt zu garen.

Ist der Wok für europäische Länder bestimmt, wird er bei der Herstellung in eine spezielle (europäische) Form gegossen; als die auch bei uns bekannte Die WOK-PFANNE. Sie kommt hauptsächlich in Europa zum Einsatz und kann aufgrund ihrer besonderen Form anstelle aller anderen gängigen Kochgeräte verwendet werden. Der Ur-Wok ist insgesamt runder (auch der Boden) und kann daher nur auf dem Gasherd oder einer Feuerstelle genutzt werden.

Damit hierzulande (und anderswo) auch andere Hitzequellen verwendet werden können, ist der Boden etwas flacher. Die Bezeichnung Wok-PFANNE deutet genau auf diese Tatsache darauf hin, da die Böden europäischer Pfannen alle plan sind.

Wok aus welchem Material?

Die meisten Woks bestehen aus Eisen. Deren Schwefelanteil ist nur gering, da Schwefel einen Wok brüchig macht. Der Kalkstein verbindet die unterschiedlichen Zusammensetzungen und lässt flüssiges Metall entstehen.

Doch nicht nur bei der Wahl des Materials sollten Sie die Augen offenhalten. Vor allem auch bei der Wahl der Griffe! Ein Wok kann große Mengen aufnehmen und wird dadurch im Vergleich zu einer durchschnittlichen Pfanne deutlich schwerer. Deshalb sollten die Griffe nicht aus Plastik oder Holz, sondern aus Metall und mit Eisennieten befestigt sein. Schrauben können schnell reißen oder sich lockern.

Stellen Sie sich vor, an einem vollen Wok bricht Ihnen der Griff ab, die Folgen wären fatal! Der Wok an sic, ist durch den erhöhten Eisengehalt schon sehr schwer und bringt oftmals 1,5 bis 4,8 Kilogramm Nettogewicht auf die Waage.

Wok-Edelstahl

Der Wok aus Edelstahl besticht allein schon durch sein schönes Äußeres. Auch durch seine Beschaffenheit gleicht er auf den ersten Blick dem Ur-Wok aus Eisen. Edelstahl hat im Vergleich zum Gusseisen eine wesentlich geringere Wärmeleitung und ist daher für dieses Kochgerät grundsätzlich nicht empfehlenswert.

Eine Ausnahme bilden dreischichtige Edelstahl-Woks. Sie verfügen über ein besonderes Leitsystem, dass die schlechte Leitfähigkeit des Edelstahls ausgleicht. Manche Hersteller versehen den Boden des Wok mit einem leitfähigeren Material, behalten aber die Wände in Edelstahl bei, sodass diese vermeintliche Verbesserung im Sinne der eigentlichen Nutzung des Wok kaum etwas bringt. Diese Art Wok wird eher für den europäischen Raum produziert und wird hier auch am häufigsten genutzt.

Wok-Gusseisen

Die Urform des Wok wird aus Gusseisen gefertigt. Der Ur-Wok wird auch für Europa, aber insbesondere für China und süd- bzw. südostasiatische Länder produziert. In Asien kommt auch nur dieser zum Einsatz.

Das liegt darin begründet, da der Wok in der Regel auf offener Flamme oder einem Gasherd genutzt wird. Vor allem Straßenverkäufer kochen auf offener Flamme. Dank der positiven Eigenschaften des Eisens hat der Wok eine lange Lebensdauer und lässt sich ohne großen Aufwand nutzen.

Wok Beschichtungen

Wir Europäer sind es gewohnt, mit beschichteten Pfannen zu kochen. Deshalb erfolgt die Beschichtung beim Wok auch ausdrücklich auf Wunsch der Europäer.

In China und überhaupt in Asien dient das leichte Öl (Sesam-, Erdnussöl) als Beschichtung. Das Anbrennen ist in gewisser Weise sogar erwünscht. Nur dadurch wird das typische Aroma freigesetzt, das durch das Garen im Wok entsteht. Mit speziellen Rührtechniken können Sie dem Anbrennen jedoch entgegenwirken.

Wok einbrennen?!

Da für die Herstellung eines Wok über 2000 °C benötigt werden, ist das Gusseisen bereits eingebrannt, wenn er in den Verkauf geht. Viele Menschen möchten jedoch beim Kochen das sogenannte Wok High erleben, also den Moment, in dem der Wok eine Temperatur von über 200°C erreicht und dann sein unbeschreibliches Aroma an die Zutaten abgibt. Das geschieht durch leichtes Anbrennen, wodurch sich Röstaromen bilden, die beim Fertiggaren das gesamte Gericht durchziehen.

Damit bei diesem Vorgang keine Schadstoffe über den Wok ans Essen abgegeben werden, sollten Sie den Wok vor dem ersten Gebrauch ohne Inhalt auf den Herd stellen, ihn mit etwas Leinöl einreiben und ihm auf höchster Stufe für 30 Sekunden einheizen. Keine Sorge, wenn sich dabei etwas Qualm bildet. Das ist völlig normal und unbedenklich. Lassen Sie den Wok nach dem Erhitzen erst auskühlen. Danach können Sie ihn reinigen.

Dieser oben beschriebene, einmalige Geschmack ist nur mit einem Wok aus Gusseisen ohne Beschichtung zu erreichen. Auf einem normalen Elektro-, Gas- oder Induktionsherd werden Sie ein derartiges Ergebnis trotz Wok aus Gusseisen kaum erreichen können. Das wird Ihnen nur mit großer Hitze über einem offenen Feuer gelingen.

Bei erstmaligem Gebrauch sollte der Wok mit Wasser und Spülmittel gereinigt werden, danach ist auch ein leichtes Einölen erlaubt.

Waschen Sie den Wok, wenn überhaupt, nur mit klarem Wasser aus und trocknen und polieren Sie ihn anschließend mit einem trockenen Tuch.

Wok & Herdplatten?

Wie bereits beschrieben gibt es beim Wok Unterschiede in der Beschaffenheit. Die in Europa weit verbreitete Wok-Pfanne hat einen flachen Boden, damit er auf unseren gängigen Herdplatten (Elektro, Gas, Induktion) problemlos genutzt werden kann. Der asiatische Wok hat einen runden Boden, weil er sich so besser an offene Feuerstellen anpassen kann. Die Zubereitung gelingt in beiden Wok-Formen wunderbar.

Wok Ceranfeld

Für das Ceranfeld ist die Wok-Pfanne am besten geeignet. Ihr Boden ist abgeflacht und kann ohne Problem auf das Kochfeld gestellt werden. Achten Sie auf eine einwandfreie Verarbeitung des Bodens, damit das empfindliche Ceranfeld beim Hantieren mit der Wok-Pfanne keinen Schaden nimmt.

Für das Kochen auf dem Ceranfeld sollten Sie eine Wok-Pfanne mit Stiel und Griff einer Pfanne mit zwei Griffen vorziehen, da sie sich leichter schrägstellen und schwenken lässt.

Wok Gasherd

Wenn Sie glücklicher Besitzer / glückliche Besitzerin eines Gasherdes sind, spielt die Form des Wok keine Rolle. Sie haben sogar den Vorteil, auch den Ur-Wok mit rundem Boden nutzen zu können, der die Hitze viel besser verteilt und die Größe des Bodens unabhängig vom Volumen des Wok nahezu gleich bleibt. Deshalb passt auf einen Gasherd jeder Ur-Wok, egal von welcher Größe.

Somit haben Sie den Vorteil, ganz authentisch und stilecht mit Ihrem Wok kochen zu können. Bedenken Sie auch hierbei die Wahl zwischen Griffen und Stiel. Auch hier könnte der Stiel die bessere Alternative sein. Es kann unangenehm werden, wenn Ihre Hände beim Anfassen der Griffe zu nahe an den heißen Wok kommen. Ein Stil hingegen hält Sie besser auf Distanz.

Wok Induktionsherd

Die Besonderheit des Induktionsherds besteht darin, dass die Kochfläche Kontakt mit dem magnetischen Boden des Kochgeschirrs haben muss. Selbstverständlich gibt es auch für Induktionsherde geeignete Wok-Pfannen.

Ein gusseiserner Wok kann möglicherweise ebenfalls genutzt werden. Dies ist jedoch von der Herstellungsart abhängig.

Wok Gas-Grill

Mit einem Gas-Grill lässt sich eine sehr hohe Hitze erreichen, von der Sie beim Kochen mit einem Wok selbstverständlich profitieren.
Auf einem Gas-Grill kann der Wok genauso wie auf einer Herdplatte genutzt werden. Einfach starke Hitze entstehen lassen und dann den Wok daraufstellen.

Bitte achten Sie aber darauf, dass der Boden des Wok leicht abgeflacht ist, da er, anders als beim Gasherd, nicht in den Flammen, sondern auf einer flachen oder gerillten Fläche steht, die für eine gleichmäßige Hitzeverteilung sorgt.

Wussten Sie, dass es einen Wok auch als Gas-Grill zu kaufen gibt? ‚Er setzt sich aus einer Kartusche und einer Halterung zusammen, auf die der Wok gestellt wird. So lässt es sich ähnlich kochen wie mit einem Gas-Ofen. Dabei haben Sie allerdings den Vorteil, dass Sie beides ganz leicht mitnehmen lässt. In diesem „Gas-Grill-Wok" können Sie so gut wie jedes Gericht kochen. Kein Wunder, dass diese Art der Zubereitung vor allem in kleinen Küchen, Urlaubsküchen oder Gästeunterkünften äußerst beliebt ist.

Wok Raclette

Der „Wok auf dem Raclette" oder auch „Woklette" genannt, ist eine schöne Alternative zum bekannten Raclette. Das Woklette besteht aus einer mit Strom zu betreibenden Wärmeplatte, auf der sechs bis acht Wok-Pfännchen stehen. Jeder befüllt sein Pfännchen nach seinem Geschmack und gart seine Portion dann auf der Wärmeplatte.

Das Wok-Raclette gibt es in unterschiedlichen Ausführungen:
Mit oder ohne Grillplatte, mit oder ohne heißem Stein, mit einer unterschiedlichen Anzahl kleiner Wok-Pfannen bis hin zu einem integrierten Fondue.

Entsprechend Ihren Bedürfnissen wählen Sie die Art des Woklettes aus.

Die Rezepte für Gerichte mit dem Wok-Raclette sind denen des ursprünglichen Raclettes recht ähnlich. Ob herzhaft oder süß, vegan oder ketogen. Mit dem Woklette lassen sich ganz leicht und unkompliziert vielfältige und abwechslungsreiche kulinarische Wünsche erfüllen.

Die Benutzung eines Wok´s

Neben dem passenden Wok sind vor allem die richtigen Zutaten das A und O für gelungene und schmackhafte Wok-Gerichte. Das Kochen selbst ist mit dem Wok ganz einfach und auch nicht sonderlich zeitintensiv. Die meiste Arbeit steckt in der Vorbereitung der Lebensmittel. Doch die lohnt sich. Wenn es Ihnen möglich ist, können Sie sich dabei flexibel einrichten (zum Beispiel Vorbereitung am Mittag, Zubereitung am Abend).

Ist alles vorbereitet, wird Ihnen das Kochen mit dem Wok leicht von der Hand gehen.

Ob der Wok vor dem ersten Gebrauch eingebrannt werden sollte oder ob es nötig ist, diesen vor der Benutzung einzuölen, erfahren Sie an anderer Stelle in diesem Buch.

Damit die Zubereitung gelingt, ist die Wahl des richtigen Öls mitentscheidend. Besonders eignen sich:

- ✓ Kokosöl
- ✓ Erdnussöl
- ✓ Sojaöl

Aber es gibt auch high oleic Öle, die aus gezüchteten Sonnen- und Distelblumen sowie verschiedenen Rapssorten hergestellt werden und speziell für das Kochen mit hohen Temperaturen geeignet sind. Diese halten Temperaturen bis etwa 210 °C aus, während normales Sonnenblumenöl bereits bei 110 °C seine Grenze erreicht hat.

Garmethoden im Wok

Die Garmethoden im Wok sind so unterschiedlich wie die Speisen selbst, die darin zubereitet werden.

Diese Vielseitigkeit zahlt sich durchaus aus, dass sich insbesondere Single-Haushalte sich die Anschaffung mehrerer Pfannen getrost sparen können. Und so ganz nebenbei hält sich dadurch auch das anschließende Abspülen in Grenzen.

Nachstehend im Wok gern verwendete Garmethoden:

- ✓ Beim ***Blanchieren*** werden die Zutaten nur ganz kurz in kochendem Wasser gegart.
- ✓ Beim ***Braten*** werden die Zutaten unter Zugabe von Öl, Schmalz oder Butter gegart.
- ✓ Beim ***Dämpfen*** garen die Zutaten im Wasserdampf, meist in einem Topf mit (gelochtem) Einsatz.
- ✓ Beim ***Frittieren*** erfolgt die Zubereitung in hocherhitztem Pflanzenöl.

- ✓ Beim ***Kochen*** im Wok werden, ähnlich wie im normalen Kochtopf, Suppen, Eintöpfe und andere Speisen zubereitet.
- ✓ Mit dem passenden Einsatz ist das ***Räuchern*** auch in Ihrem Wok möglich. Dafür wird der Boden zumeist mit Alufolie ausgelegt. Darauf kommt entweder dünnes Holz oder Kräutertee, über dem dann in einem passenden Einsatz beispielsweise Fisch oder Fleisch geräuchert wird.
- ✓ Im Wok lassen sich durch das ***Rösten*** von Nüssen, Samen oder Saaten ohne die Verwendung von Öl herrliche Aromen erzeugen.
- ✓ ***Schmoren*** im Wok ist vor allem für das sanfte Garen von Fleisch, Fisch und Gemüse eine beliebte Zubereitungsart.

Das Rühren im Wok ist bei der Zubereitung asiatischer und insbesondere chinesischer Speisen ein wichtiger Bestandteil des Kochens. Dabei werden die Speisen durch schnelles Rühren mit dem Holzspatel im Wok bewegt. Das ist wichtig, damit die Zutaten bei hohen Temperaturen nicht anbrennen, aber trotzdem den typischen Wok High Geschmack annehmen können.

Wok Deckel

Der Deckel ist wie bei jeder Pfanne ein nützliches Utensil, das bei den meisten Wok-Pfannen als Set mitgeliefert wird. Wie beim Wok selbst gibt es auch bei den Deckeln Unterschiede. Es gibt sie mit Dampfabzug oder mit Dämpfeinsatz und sie können aus Glas, Bambus oder Edelstahl gefertigt sein.

Welcher Deckel für Sie der Richtige ist, ist selbstverständlich auch Geschmacksache. Die Wahl des Deckels kann sich jedoch auch danach richten, ob Sie mit dem Wok auch Frittieren oder Dämpfen möchten.

Bambus eignet sehr gut zum Dämpfen. Möchten Sie aber auch immer mal wieder etwas Frittieren, ist ein Deckel aus Edelstahl besser geeignet, da Edelstahl unempfindlicher auf heißes, spritzendes Fett reagiert. Außerdem lässt sich Edelstahl besser reinigen.

Wok Größe

Die Größe eines Wok ist nicht alleiniges Auswahlkriterium; diesbezüglich gibt es viel Auswahl. Entscheidend ist die Form dieses vielseitigen Kochgerätes. Hat der Wok einen größeren Durchmesser und ist insgesamt flacher, wird er schneller heiß. Ist er runder, wird er langsamer heißt, die Wärme verteilt sich darin anders.

Wie bereits oben erwähnt spielt auch der Durchmesser eine entscheidende Rolle. Je größer der Durchmesser, umso größer ist die Kochfläche und umso großflächiger wird die Hitze verteilt. So können Sie zum Beispiel das Gemüse erst in der Mitte anbraten und danach zum Garen an den Rand schieben. Gleichzeitig braten Sie dann in der Mitte schon die nächste(n) Zutat(en) an.
Letztendlich können Sie das gesamte Gericht in nur einem Wok zubereiten. So sparen Sie nicht nur Kochgeschirr und Platz auf dem Herd; es fällt auch weniger Abwasch an.

Wok Temperatur

Je nach Hitzequelle kann sich unter dem Wok eine Temperatur von weiter über 200 °C entwickeln. Je nach Material könnte es dann für den Wok eventuell zu heiß werden. Ein Wok aus Gusseisen wird dieser starken Hitze jedoch ohne weiteres standhalten.

Form und Dicke des Bodens spielen hinsichtlich Hitzeentwicklung ebenfalls eine Rolle. Wok-Pfannen benötigen etwas mehr Zeit, um Hitze aufzunehmen und zu verteilen, da der Boden meist dicker ist. Kochen Sie hingegen im Ur-Wok, haben Sie es mit einem runden Boden und dünnen Wänden zu tun. Die Hitzeentwicklung sowie deren Weitergabe im gesamten Wok erfolgen gleichmäßiger.

Da beim Kochen mit einem Wok eine hohe Temperatur entsteht, wählen Sie bitte nur hitzebeständiges Öl zum Braten. Die Asiaten verwenden vorwiegend raffiniertes Öl aus Soja, Raps, Kokos oder Erdnüssen.

Zum Einbrennen des Wok sollte idealerweise Leinöl verwendet werden!

Wok-Zubehör

Nachstehend die wichtigsten Zubehörteile, mit denen Sie Ihren Wok je nach Einsatzgebiet und Vorlieben entsprechend ergänzen können:

- Deckel
- Dämpfeinsatz
- Wok-Rost, der das Kochen auf zwei Ebenen ermöglicht
- Wok Brenner ist hervorragend für alle Wok Arten geeignet, insbesondere jedoch für den Ur-Wok. Sie können dann auf einer offenen Gasflamme das Gericht zubereiten.

Dieses Buch enthält keine Bilder

Die Lust am Kochen hat sich aus mehreren Komponenten entwickelt: dem natürlichen Appetit, dem Umgang mit den Zutaten und dem Wunsch, anderen und sich selbst eine Freude zu bereiten. Ähnlich verhält es sich, wenn Sie essen gehen. Sie können bei dem „großen M…" oder Ihrem „Dönerladen um die Ecke" essen gehen. Dort werden Sie Pommes und Lahmacun auch auf Hochglanzfotos wiederfinden. In einem Restaurant ist das eher die Ausnahme. Nur anhand des Namens Ihres Gerichts sowie die Nennung der Zutaten bekommen Sie einen Vorgeschmack auf das, was Sie sich bestellen. Der Genuss beginnt erst, wenn das Gericht vor Ihnen steht, der köstliche Duft in Ihre Nase steigt und der erste Bissen im Mund Zunge und Gaumen kitzelt.

Genauso ist es mit unserem Kochbuch. Wenn Sie den Rezeptnamen kennen und die Zutatenliste durchgelesen haben, wird entschieden, ob Ihnen das Wasser im Munde zusammenläuft - oder nicht! Beim Lesen entdecken Sie, welches Gericht Sie für Ihre Liebsten zubereiten möchten. Hinzu kommt, dass sich die Druckkosten aller Bücher durch farbenfrohe Bilder und Fotos deutlich erhöhen.
Wir möchten mit diesem Buch Ihre Fantasie und Kreativität anregen; allein durch das Lesen der vielfältigen Rezepte, deren Zutaten und die Art der Zubereitung möchten wir Sie ermutigen, unsere Rezeptideen nachzukochen, zu verfeinern und zu variieren. Und im Übrigen halten wir es für inspirierender, wenn Sie Ihre Kreationen nach der Zubereitung selbst im Bild festhalten, und uns in den Rezensionen zukommen lassen. Viel Erfolg.

Fisch

1. Dorsch Ananas Wok

				Kategorie ***Dorsch***
Level	Portionen	Vorbereitungszeit	Kochzeit	Gesamtzeit
Leicht	***4 Portionen***	***15 Minuten***	***30 Minuten***	***45 Minuten***

421 kcal | 27 g KH | 31 g EW | 21 g F

Zutaten für 4 Portionen

- 250 g Dorsch, TK
- 150 g Ananas, in Stücken
- 2 rote Paprika, in Stücken
- 1 Dose Kokosmilch
- 1 EL Curry
- 1 TL Kurkuma
- 1 EL Öl
- 1 Prise Salz
- 2 Tassen Basmatireis
- 2 Zwiebeln, gehackt
- 1 Knoblauchzehe, gehackt
- 80 g Bambussprossen, aus dem Glas

Zubereitung

1) Den Wok erhitzen und die Zwiebeln mit der Ananas in einem Esslöffel Öl anbraten.
2) Curry und Kurkuma hinzufügen und gut vermischen.
3) Danach den Dorsch hinzugeben, Paprika unter- und die Kokosmilch darüber geben, alles gut vermischen.
4) Den Reis mit vier Tassen Wasser und einer Prise Salz in einem Topf aufkochen, danach einmal umrühren und auf schwache Hitze herunterschalten. Solange ruhen lassen, bis das Wasser verdampft ist.

2. Lachs-Kalt & Warm-Salat

				Kategorie ***Fisch/Lachs***
Level	Portionen	Vorbereitungszeit	Kochzeit	Gesamtzeit
Leicht	***2 Portionen***	***10 Minuten***	***15 Minuten***	***25 Minuten***

747 kcal | 73 g KH | 55g EW | 27 g F

Zutaten für 2 Portionen

- 85 g Soba-Nudeln, gekocht
- 1 Karotte, gehackt
- 2 Frühlingszwiebeln, gehackt
- 175 g Lachs, in Stücken
- 1 Fenchelknolle, gehackt
- 1 Knoblauchzehe, gehackt
- 2 EL Koriander, gehackt

Zubereitung

1) Nehmen Sie ein Stück Alufolie und legen Sie diese auf ein Backblech. In die Mitte geben Sie nun die Soba-Nudeln.
2) Geben Sie alle anderen Zutaten darauf und verschließen Sie das Alufolien-Päckchen.
3) Heizen Sie Ihren Backofen vor und geben Sie die Päckchen für 15 Minuten bei 180 °C in den Ofen.
4) Kann kalt als Salat mit Zitrone und Salz und Pfeffer angerichtet oder warm gegessen werden.

3. Lachs aus dem Wok

Level	Portionen	Vorbereitungszeit	Kochzeit	Kategorie **_Fisch/ Lachs_** Gesamtzeit
Leicht	***4 Portionen***	***10 Minuten***	***30 Minuten***	***40 Minuten***

534 kcal | 56 g KH | 27 g EW | 31 g F

Zutaten für 4 Portionen

- 1 Zwiebel, gehackt
- 1 orange Paprika, gehackt
- 300 g Bohnen
- 2 Frühlingszwiebel, in Ringen
- 1 Chili, gehackt
- 2 Stiele Zitronengras, gehackt
- 500 g Lachsfilet, in Stücken
- 2 EL Öl
- 200 ml Kokosmilch
- 200 ml Gemüsebrühe
- 3 TL Currypulver
- 1 TL Ingwer, gerieben
- 2 EL Zitronensaft
- 2 TL Sojasoße, braun
- Salz & Pfeffer

Zubereitung

1) Erhitzen Sie den Wok und geben Sie das Öl hinein.
2) Zuerst die Zwiebel, Bohnen und Paprika darin anbraten, die Frühlingszwiebeln hinzufügen und kurz mitgaren. Das Gemüse auf einem Teller zur Seite stellen.
3) Die Kokosmilch im Wok mit der Brühe vermischen und aufkochen, die Gewürze hinzufügen.
4) Den Lachs hineingeben und für fünf Minuten köcheln lassen. Das Gemüse wieder unterheben und alles zusammen servieren.

4. Seelachs

Level	Portionen	Vorbereitungszeit	Kochzeit	Gesamtzeit
				Kategorie ***Seelachs***
Leicht	***2 Portionen***	***10 Minuten***	***20 Minuten***	***30 Minuten***

722 kcal | 37 g KH | 28 g EW | 33 g F

Zutaten für 2 Portionen

- 400 g Seelachsfilet, in Stücken
- 15 g Ingwer, gehackt
- 2 Knoblauchzehen, gehackt
- 1 Chili, gehackt
- 1 Möhre, in Scheiben
- 1 Bund Koriander, gehackt
- 100 g Blattspinat, gehackt
- 200 g Eiernudeln, gekocht
- 100 g Brokkoli, in Röschen
- Salz & Pfeffer
- 4 EL Öl
- 100 g Sojakeimlinge
- 2 EL Fischsoße
- 2 EL Sojasoße
- 4 EL Chilisoße
- 2 EL Sesam-Samen, geröstet zum Garnieren

Zubereitung

1) Erhitzen Sie den Wok und geben Sie das Öl hinein.
2) Würzen Sie den Fisch mit Salz und Pfeffer.
3) Braten Sie den Chili, Knoblauch, Ingwer und die Möhre in ihrem Wok an, geben Sie den Fisch dazu und dünsten Sie diesen kurz.
4) Nehmen Sie die Zutaten aus dem Wok und stellen Sie diese zur Seite. Geben Sie die anderen Zutaten gemeinsam hinein und braten Sie alles gut an. Danach den Fisch mit den Gewürzen unterheben und mit dem Sesam garniert servieren.

5. Kokos-Fisch-Topf

				Kategorie ***Fischtopf/ Kokos***
Level	Portionen	Vorbereitungs zeit	Kochzeit	Gesamtzeit
Leicht	***3 Portionen***	***15 Minuten***	***20 Minuten***	***35 Minuten***

627 kcal | 55 g KH | 36 g EW | 26 g F

Zutaten für 3 Portionen

- 1 Chili, in Ringenn
- 2 EL Fischsoße
- 2 Lorbeerblätter
- 1 rote Zwiebel, gehackt
- 1 Limettensaft
- 400 ml Kokosmilch, aus der Dose
- 600 g Süßkartoffeln, in Würfel
- 500 g Seelachsfilet, in Stücken
- 200 ml Fischfond
- Salz & Pfeffer

Zubereitung

1) Nehmen Sie einen großen Wok oder Topf und geben Sie Kokosmilch, Fischfond, Zwiebel, Chili, Limettensaft, Lorbeer, Salz und Pfeffer sowie die Süßkartoffeln hinein.
2) Lassen Sie diese Mischung für 20 Minuten köcheln und geben Sie danach den Fisch hinzu. Heben Sie diesen unter und lassen ihn für zehn Minuten mit garen.

6. Wok Gemüse Asia

				Kategorie ***Tintenfisch***
Level	Portionen	Vorbereitungs zeit	Kochzeit	Gesamtzeit
Leicht	***4 Portionen***	***10 Minuten***	***20 Minuten***	***30 Minuten***

355 kcal | 17 g KH | 32 g EW | 29 g F

Zutaten für 4 Portionen

- 4 Tintenfische, in Streifen
- 2 Handvoll Asia Gemüse, TK
- 1,5 EL Hoisin Soße
- 3 EL Sesamöl
- 1 TL Reisessig, schwarz

Zubereitung

1) Nehmen Sie den Wok und erhitzen Sie ihn mit dem Öl.
2) Geben Sie das Gemüse hinein und braten Sie es scharf an.
3) Die Soße sowie den Essig darüber geben, den Tintenfisch unterheben und kurz mit anbraten. Sobald der Tintenfisch gar ist, die Mischung frisch und heiß servieren.

7. Fisch Curry

				Kategorie ***Fisch***
Level	Portionen	Vorbereitungs zeit	Kochzeit	Gesamtzeit
Leicht	***2 Portionen***	***10 Minuten***	***30 Minuten***	***40 Minuten***

455 kcal | 15 g KH | 32 g EW | 26 g F

Zutaten für 2 Portionen

- 1 Zwiebel, gehackt
- 1 Knoblauchzehe, gehackt
- 2 EL Öl
- 1 EL Fischsoße
- ½ Bund Koriander, gehackt
- 300 g Fischfilet, in Stücken
- 100 g Spinat, frisch
- 15 g Ingwer, gerieben
- 1 Karotte, in Scheiben
- 1 TL Currypaste, gelb
- 250 ml Kokosmilch, aus der Dose
- 1 TL Zucker, braun
- 2 EL Limettensaft

Zubereitung

1) Geben Sie das Öl in den Wok und erhitzen Sie diesen stark.
2) Danach würzen Sie den Fisch und braten diesen im Wok an. Danach stellen Sie den Fisch zu Seite.
3) Geben Sie die anderen Zutaten hinein und vermischen Sie alles gut, braten Sie die Zutaten zusammen an.
4) Heben Sie den Fisch nochmals unter und lassen Sie alles für drei Minuten ziehen, dann frisch servieren.

8. Reis-Fisch-Wok

				Kategorie ***Fisch/Reis***
Level	Portionen	Vorbereitungszeit	Kochzeit	Gesamtzeit
Leicht	***4 Portionen***	***10 Minuten***	***30 Minuten***	***40 Minuten***

206 kcal | 57 g KH | 37 g EW | 23 g F

Zutaten für 4 Portionen

- 1 EL Kurkuma
- 1 TL Salz
- 300 g Reis
- 600 ml Wasser
- 1 EL Öl
- 2 EL Sesam-Öl
- 600 g Kabeljaufilet, in Stücken
- 30 g Ingwer, gehackt
- 1 Bund Koriander, gehackt, zum Garnieren
- 2 EL Fischsoße
- 1 TL Currypaste
- ½ TL Kreuzkümmel, gemahlen
- 4 EL Zitronensaft
- 300 g Zucchini, in Stücken
- 350 g Brokkoli, in Röschen
- Salz & Pfeffer

Zubereitung

1) Nehme Sie einen Topf, geben Sie den Reis, das Wasser, einen EL Öl und einen Esslöffel Kurkuma hinein. Kochen Sie die Mischung auf und lassen Sie den Reis bei geringer Temperatur garen.
2) Erhitzen Sie den Wok und geben Sie das Sesam-Öl hinein, braten Sie das Gemüse mit den Gewürzen, dem Zitronensaft und sowie der Fischsoße an.
3) Den Fisch hinzufügen und für drei Minuten fertig garen.
4) Den Reis unterheben und alles gut vermischt, mit Koriander bestreut, servieren.

9. Gemüse Wok mit Fisch

				Kategorie ***Fisch***
Level	Portionen	Vorbereitungszeit	Kochzeit	Gesamtzeit
Mittel	***2 Portionen***	***15 Minuten***	***20 Minuten***	***35 Minuten***

283 kcal | 8 g KH | 19 g EW | 18 g F

Zutaten für 2 Portionen

- 120 g Meerbarben Filet, in Stücken
- 3 Frühlingszwiebeln, in Ringen
- 20 g Ingwer, gehackt
- 2 E Erdnuss-Öl
- 30 g Erdnusskerne, gesalzen, gehackt
- 3 EL Teriyakisoße
- 1 gelbe Paprika, gehackt
- 250 g Brokkoli, in Röschen
- 1 Chili, gehackt
- 1 Knoblauchzehe, gehackt
- 100 ml Gemüsefond
- 1 EL Zitronenmelisse, gehackt, zum Garnieren

Zubereitung

1) Vermischen Sie den Fisch mit der Teriyakisoße und lassen Sie diesen kurz ruhen.
2) Erhitzen Sie den Wok und geben Sie das Öl hinein, braten Sie den Brokkoli darin an. Geben Sie die Frühlingszwiebeln hinzu.
3) Heben Sie die Gewürze und Kräuter unter und geben Sie den Fisch hinein, braten Sie alles für zwei Minuten an.
4) Vermischen Sie alle Zutaten gut und servieren Sie das Gerict, mit Zitronenmelisse garniert.

Meeresfrüchte

10. Kokos Garnele

				Kategorie ***Meeresfrüchte***
Level	Portionen	Vorbereitungs zeit	Kochzeit	Gesamtzeit
Leicht	***4 Portionen***	***20 Minuten***	***15 Minuten***	***35 Minuten***

523 kcal | 31 g KH | 26 g EW | 18 g F

Zutaten für 4 Portionen

- 1 Dose Kokosmilch
- 2 Knoblauchzehen, gehackt
- 250 g Tomaten, gehackt
- 2 Chilischoten, gehackt
- 3 EL Öl
- 2 EL Sojasoße
- 1 TL Zucker
- Salz & Pfeffer
- 200 g Shiitakepilze, eingeweicht
- 1 Paprika, rot, gewürfelt
- 1 Paprika, gelb, gewürfelt
- 1 Bund Frühlings-zwiebeln, in Ringenn
- 8 g Ingwer, gehackt
- 16 Riesengarnelen, küchenfertig
- 4 Stängel Zitronengras, gehackt
- 1 TL Kreuzkümmel
- 1 TL Koriander, gemahlen

Zubereitung

1) Erhitzen Sie den Wok und geben Sie Öl, Gewürze, Garnelen, Knoblauch und Ingwer hinein. Braten Sie dieses scharf an.
2) Geben Sie das Gemüse dazu und ebenfalls kurz anbraten. Alles mit der Kokosmilch ablöschen, die Mischung verrühren und für weitere fünf Minuten köcheln lassen.
3) Abschmecken und servieren.

11. Spargel Garnelen

				Kategorie ***Meeresfrüchte***
Level	Portionen	Vorbereitungs zeit	Kochzeit	Gesamtzeit
Mittel	***4 Portionen***	***10 Minuten***	***20 Minuten***	***30 Minuten***

318 kcal | 52 g KH | 19 g EW | 11 g F

Zutaten für 4 Portionen

- 200 g Reis, gekocht
- 25 Gambas, küchenfertig
- 500 g weißer Spargel, in Stücken
- 500 g grüner Spargel, in Stücken
- 3 Knoblauchzehen, gehackt
- 25 g Ingwer, gehackt
- 5 EL Erdnussöl
- 400 ml Hummerfond
- Salz & Pfeffer
- 1 Chili, gehackt
- 2 EL Speisestärke
- 300 ml Kokosmilch
- 2 EL Fischsoße
- 1 EL Currypaste, rot
- 1 TL Austernsoße

Zubereitung

1) Erhitzen Sie den Wok und fügen Sie das Öl hinzu.
2) Die Garnelen hineingeben und für drei Minuten gut anbraten, herausnehmen und zur Seite stellen.
3) Das Gemüse komplett hineingeben und für fünf Minuten anbraten.
4) Mit der Kokosmilch ablöschen, würzen und die Garnelen unterheben.
5) Abschmecken und mit dem Reis servieren.

12. Tiger Wok

				Kategorie *Meeresfrüchte*
Level	Portionen	Vorbereitungs zeit	Kochzeit	Gesamtzeit
Leicht	***4Portionen***	***20 Minuten***	***20 Minuten***	***40 Minuten***

455 kcal | 15 g KH | 32 g EW | 26 g F

Zutaten für 4 Portionen

- Salz & Pfeffer
- 1 Prise Zucker
- 60 Walnüsse, gehackt,
- 3 EL Sojasoße
- 120 ml Hühnerbrühe
- 1 Paprika, rot, gewürfelt
- 1 Paprika, gelb, gewürfelt
- 60 g Lauch, in Ringen
- 100 g Karotten, in Stiften
- 150 g Blumenkohl, in Röschen
- 150 g Brokkoli, in Röschen
- 100 g Champignons, in Viertel
- 100 g Shiitakepilze, eingeweicht
- 50 g Zuckerschoten
- 2 rote Zwiebeln, gehackt
- 20 Riesengarnelen, küchenfertig
- ½ Bund Thai-Basilikum, zum Garnieren
- 1 Chili, gehackt

Zubereitung

1) Erhitzen Sie den Wok und rösten Sie die Walnüsse kurz an. Herausnehmen und für die Garnitur beiseite stellen.
2) Das Öl in den Wok geben und die Garnelen anbraten, danach herausnehmen und warmhalten.
3) Das Gemüse hin den Wok geben und anbraten, mit der Hühnerbrühe ablöschen und für drei Minuten köcheln lassen.
4) Die Garnelen hinzufügen, alles abschmecken und mit dem Thai-Basilikum und den Walnüssen garniert servieren.

13. Nudel Garnelen Wok

				Kategorie *Meeresfrüchte*
Level	Portionen	Vorbereitungs zeit	Kochzeit	Gesamtzeit
Leicht	***4 Portionen***	***10 Minuten***	***30 Minuten***	***40 Minuten***

319 kcal | 45 g KH | 22 g EW | 9,5 g F

Zutaten für 4 Portionen

- 250 g Reisnudeln, gegart
- 1 Möhre, in Scheiben
- 4 Lauchzwiebeln, in Ringen
- 150 ml Hühnerbrühe
- 1 TL Chilisoße
- 2 EL Sesamöl
- 2 EL Sojasoße, hell
- 2 EL Reiswein
- 2 EL Austernsoße
- 1 TL Salz
- ½ TL Pfeffer
- ½ Bund Koriander, gehackt, zum Garnieren
- 100 g Spitzkohl, in Streifen
- 1 Paprika, rot, in Würfel
- 2 Zwiebel, gehackt
- 10 Garnelen, küchenfertig
- 6 Shiitakepilze, eingeweicht
- 1 Peperoni, in Ringen
- 1 Knoblauch, gehackt

Zubereitung

1) Hühnerbrühe mit den Soßen, dem Öl und den Gewürzen vermischen. Garnelen hineingeben, fünf Minuten ziehen lassen.
2) Erhitzen Sie den Wok, nehmen Sie die Garnelen aus der Soße und braten Sie diese scharf an. Schieben Sie die Garnelen an den Rand des Woks und geben Sie das Gemüse in die Mitte.
3) Braten Sie das Gemüse scharf an, löschen Sie die Mischung mit der Soße ab.
4) Heben Sie die Nudeln unter und lassen Sie alles für vier Minuten köcheln.
5) Danach mit dem Koriander servieren.

14. Reis Wok

Level	Portionen	Vorbereitungszeit	Kochzeit	Kategorie *Meeresfrüchte* Gesamtzeit
Leicht	***4 Portionen***	***40 Minuten***	***20 Minuten***	***60 Minuten***

440 kcal | 51 g KH | 19 g EW |17 g F

Zutaten für 4 Portionen

- 2 Eier
- 1 EL Öl
- 1 EL Sesamöl
- Salz & Pfeffer
- 200 g Jasminreis, gekocht
- 3 Frühlingszwiebeln, in Ringen
- 200 g Erbsen, TK
- 250 g Kaltwasser-crevetten, küchenfertig
- 1 Limettensaft
- 3 EL Fischsoße
- 1 EL Austernsoße

Zubereitung

1) Geben Sie den Reis ohne Öl in den Wok und braten Sie ihn gut an. Danach die Erbsen unterheben.
2) Verquirlen Sie die Eier und geben Sie sie zum Reis. Den Reis solange braten, bis die Eier gestockt sind. Reis warmstellen.
3) Geben Sie beide Öle in den Wok und braten Sie die Kaltwassercrevetten darin an. Zur Seite schieben, Frühlingszwiebeln, Soßen und Gewürze dazugeben.
4) Heben Sie den Reis unter und schmecken Sie vor dem Servieren alles noch einmal ab.

15. Pad Thai Wok

				Kategorie ***Meeresfrüchte***
Level	Portionen	Vorbereitungs zeit	Kochzeit	Gesamtzeit
Leicht	***4 Portionen***	***20 Minuten***	***20 Minuten***	***40 Minuten***

430 kcal | 50 g KH | 23 g EW | 16 g F

Zutaten für 4 Portionen

- 2 Knoblauchzehen, gepresst
- 2 TL Erdnussbutter
- 1 EL Honig
- 1 EL Sojasoße
- 2 TL Sesamöl
- 1 EL Fischsoße
- 3 Stangen Frühlings-zwiebeln, in Ringen
- 2 Paprika, rot, in Würfeln
- 200 g Soba-Nudeln, gegart
- 2 EL Erdnussöl
- 120 g Shiitakepilze, eingeweicht
- 20 g Erdnusskerne, geröstet, zum Garnieren
- 300 g Garnelen, küchenfertig

Zubereitung

1) Knoblauch mit Erdnussbutter, Honig, Sesamöl und den Soßen in eine Schale geben, fünf Esslöffel Wasser dazugeben und alles gut vermengen.
2) Erhitzen Sie den Wok und geben Sie das Öl hinein. Die Garnelen scharf anbraten. Gemüse hinzufügen und mitbraten.
3) Wenn die Garnelen rosa werden, die Soße darüber geben, fünf Minuten köcheln lassen und zusammen mit den Nudeln servieren.

16. Mango Garnele

				Kategorie *Meeresfrüchte*
Level	Portionen	Vorbereitungszeit	Kochzeit	Gesamtzeit
Leicht	***1 Portionen***	***10 Minuten***	***30 Minuten***	***40 Minuten***

617 kcal | 58 g KH | 27 g EW | 30 g F

Zutaten für 1 Portion

- 50 g Vollkornreis, gekocht
- 100 g Garnelen, küchenfertig
- 4 g Ingwer, gerieben
- 1 Frühlingszwiebel, in Ringen
- 1 Chili, gehackt
- 2 TL Sojasoße
- ½ TL Curry
- 3 TL ÖL
- 1 Limettensaft
- ½ Paprika, rot, gewürfelt
- ½ Paprika, gelb, gewürfelt
- 80 g Mango, in Würfeln
- 1 TL Sesamsamen, geröstet ,zum Garnieren
- ½ Bund Koriander, zum Garnieren

Zubereitung

1) Vermischen Sie einen Esslöffel Öl mit der Hälfte der Sojasoße, dem Ingwer, dem Limettensaft und den Garnelen. Alles für zehn Minuten ziehen lassen.
2) Den Wok erhitzen und Sie die Garnelen darin rosig anbraten. Garnelen wieder herausnehmen und warmhalten.
3) Gemüse, Mango, Gewürze und das restliche Öl in den Wok geben und anbraten.
4) Heben Sie die Garnelen wieder unter und löschen Sie alles mit der Chilisoße ab.
5) Abschmecken und mit dem Reis servieren.

17. Garnelen auf Gemüse

				Kategorie ***Meeresfrüchte***
Level	Portionen	Vorbereitungszeit	Kochzeit	Gesamtzeit
Leicht	***2 Portionen***	***10 Minuten***	***20 Minuten***	***30 Minuten***

512 kcal | 32 g KH | 19 g EW | 11 g F

Zutaten für 2 Portionen

- 200 g Reisnudeln, gegart
- 1 EL Erdnussöl
- 150 g Garnelen, küchenfertig
- 1 Paprika, gelb, gewürfelt
- Salz & Pfeffer
- 1 Paprika, rot, gewürfelt
- 1 Zwiebel, gehackt
- 1 Knoblauchzehe, gehackt

Zubereitung

1) Zuerst den Wok erhitzen, danach das Öl hineingeben.
2) Die Garnelen anbraten und danach an den Rand schieben.
3) Geben Sie das Gemüse dazu und heben Sie die Nudeln unter.
4) Alles für fünf Minuten braten und sofort servieren.

18. Bratnudeln

				Kategorie ***Meeresfrüchte***
Level	Portionen	Vorbereitungs zeit	Kochzeit	Gesamtzeit
Leicht	***2 Portionen***	***10 Minuten***	***30 Minuten***	***40 Minuten***

520 kcal | 57 g KH | 31 g EW | 28 g F

Zutaten für 2 Portionen

- 2 EL Sojasoße
- 2 TL Fischsoße
- 2 EL Reiswein
- 1 EL Agavendicksaft
- 2 EL Sojasoße, hell
- 2 Pak Choi, in Streifen
- 1 Knoblauchzehe, gehackt
- 2 EL Sesamöl
- 200 g Tiger-Garnelen, küchenfertig
- 250 g Eiernudeln, gegart
- 2 Karotten, in feinen Stiften
- 3 Frühlingszwiebeln, in Ringen
- 1 Chili, gehackt
- 50 g Mungobohnen-Sprossen
- ½ Bund Koriander, gehackt, zum Garnieren

Zubereitung

1) Die Soßen, den Reiswein und den Agavendicksaft zu einer Soße verrühren.
2) Erhitzen Sie einen Esslöffel Öl im Wok und braten Sie die Garnelen darin rosig an. Garnelen herausnehmen und zur Seite stellen.
3) Braten Sie das Gemüse und die Gewürze an und heben Sie die Nudeln unter. Garnelen dazugeben und alles mit der Soße vermischen.
4) Gut abschmecken und mit dem Koriander servieren.

19. Garnelen Curry

				Kategorie ***Meeresfrüchte***
Level	Portionen	Vorbereitungs zeit	Kochzeit	Gesamtzeit
Leicht	***2 Portionen***	***10 Minuten***	***15 Minuten***	***25 Minuten***

570 kcal | 49 g KH | 21 g EW | 17 g F

Zutaten für 2 Portionen

- 1 EL Tamarindenpaste
- 200 g Basmatireis, gekocht
- 2 Kartoffeln, in Würfel, gekocht
- 100 g Blattspinat, frisch
- 1 EL Curry-Paste, rot
- 300 g Garnelen, küchenfertig
- 400 ml Kokosmilch
- ½ Paprika, rot, gewürfelt
- 8 Limettenblätter, gehackt
- 1 Limettensaft

Zubereitung

1) Geben Sie den Wok auf den Herd und erhitzen Sie diesen.
2) Geben Sie ein Drittel der Kokosmilch in den Wok und rühren Sie die Currypaste hinein. Die Garnelen dazugeben und alles 10 Minuten köcheln lassen.
3) Heben Sie die anderen Zutaten nach und nach unter und vermischen Sie alles gut.
4) Stellen Sie die Hitze aus und lassen Sie den Wok für 5 Minuten weiterhin dort ruhen. Dann umrühren und servieren.

20. Muschel Wok

				Kategorie *Meeresfrüchte*
Level	Portionen	Vorbereitungszeit	Kochzeit	Gesamtzeit
Mittel	***2 Portionen***	***15 Minuten***	***30 Minuten***	***45 Minuten***

510 kcal | 23 g KH | 23 g EW | 23 g F

Zutaten für 2 Portionen

- 250 ml Fischfond
- 2 TL Chili-Paste, rot
- 1 EL Ingwer, gerieben
- 3 Knoblauchzehen, gerieben
- 1 TL Koriander, gemahlen
- 500 g Muscheln
- 1 Zwiebel, gehackt
- 4 Tomaten, gehackt
- ½ TL Kurkuma
- 100 ml Weißwein

Zubereitung

1) Reinigen Sie die Muscheln.
2) Erhitzen Sie in ihrem Wok etwas Öl und braten Sie darin die Zwiebeln, Knoblauch und Ingwer an.
3) Löschen Sie diese Mischung mit dem Weißwein ab und geben Sie die Tomaten, Koriander, Kurkuma und die Chilipaste hinein.
4) Die Brühe aufkochen lassen und die Muscheln hineingeben. Diese für 10 Minuten garen. Nicht geöffnete Muscheln bitte entfernen!
5) Die Muscheln mit etwas Sud servieren.

Fleisch

21. Chili-Ente-Reis

Level	Portionen	Vorbereitungszeit	Kochzeit	Kategorie **Fleisch/Ente** Gesamtzeit
Leicht	***4 Portionen***	***10 Minuten***	***30 Minuten***	***40 Minuten***

750 kcal | 31 g KH |16 g EW | 23 g F

Zutaten für 4 Portionen

- 200 g Basmatireis, gekocht
- 250 g Knollensellerie, gehackt
- 4 Möhren, in Scheiben
- ½ Bund Koriander, gehackt zum Garnieren
- 1 TL Speisestärke
- 4 EL Chilisoße
- 2 EL Sojasoße
- 1 Stange Porree, in Ringen
- 200 g Mungobohnen-Keimlinge
- Salz & Pfeffer
- 4 Entenbrustfilet, in Streifen

Zubereitung

1) Das Fleisch mit der Speisestärke sowie Salz und Pfeffer vermischen.
2) Einen Wok erhitzen, die Entenbrust ohne Öl darin knusprig braten und zur Seite stellen.
3) Nehmen Sie zwei Esslöffel Wasser und geben Sie es zum Entenfett in den Wok. Gemüse und Gewürze darin anbraten.
4) Die Chilisoße sowie den Reis und das Fleisch unterheben und zusammen, mit Koriander garniert servieren.

22. Schneller Wok

				Kategorie ***Hackfleisch***
Level	Portionen	Vorbereitungszeit	Kochzeit	Gesamtzeit
Leicht	***4 Portionen***	***10 Minuten***	***15 Minuten***	***25 Minuten***

400 kcal | 10 g KH | 27 g EW | 27 g F

Zutaten für 4 Portionen

- 8 EL Teriyakisoße
- 2 Karotten, in feinen Streifen
- 1 EL ÖL
- 1 Dose Bambussprossen, in Scheiben, abgetropft
- 200 g Austernpilze, gehackt
- 1/8 Liter Wasser
- 2 Lauchzwiebeln, in Ringen
- 10 g Ingwer, gehackt
- 2 Knoblauchzehen, gehackt
- 1 TL Sambal Oelek
- Salz & Pfeffer
- 500 g Hackfleisch, Rind

Zubereitung

1) Erhitzen Sie Ihren Wok, geben Sie das Öl hinein, braten Sie das Hackfleisch zu kleinen Krümeln an, würzen Sie das Hackfleisch.
2) Geben Sie die anderen Zutaten hinein und vermischen Sie alles gut mit einander. Die Mischung für fünf Minuten garen und heiß servieren.

23. Hackbällchen-Wok

				Kategorie ***Hackfleisch***
Level	Portionen	Vorbereitungs zeit	Kochzeit	Gesamtzeit
Leicht	***2 Portionen***	***10 Minuten***	***20 Minuten***	***30 Minuten***

211 kcal | 25 g KH | 21 g EW | 26 g F

Zutaten für 2 Portionen

- 6 Asiatische Hackbällchen
- 1 EL Chilisoße
- 1 EL Sojasoße
- 2 EL Rapsöl
- 1 Zwiebel, in feinen Streifen
- 4 Chinakohlblätter, in Streifen
- 150 g Reis, gekocht
- 2 Knoblauchzehen, gehackt
- 250 g Sojasprossen, Frisch
- 1 TL Sesamöl
- Salz & Pfeffer

Zubereitung

1) Vermischen Sie die Öle und geben Sie sie in den heißen Wok.
2) Braten Sie die Zwiebel, Chinakohl und den Knoblauch an.
3) Heben Sie die asiatischen Hackbällchen unter, für zwei Minuten mitbraten.
4) Nun die Sojasprossen unterheben und anbraten.
5) Soßen und Gewürze unterheben und zusammen mit dem Reis servieren.

24. Asia Hack

				Kategorie ***Hackfleisch***
Level	Portionen	Vorbereitungszeit	Kochzeit	Gesamtzeit
Leicht	***3 Portionen***	***10 Minuten***	***15 Minuten***	***25 Minuten***

523 kcal | 37 g KH | 23 g EW | 31 g F

Zutaten für 3 Portionen

- 150 g Mie Nudeln
- 1 Paprika, rot, gehackt
- 2 Frühlingszwiebeln, in Ringen
- 2 EL Öl
- 250 g Chinakohl, in Streifen
- 250 g Rinderhackfleisch
- 1 TL Koriander, gemahlen
- ½ TL Kreuzkümmel, gemahlen
- 1 TL Paprikapulver, edelsüß
- 1 Chili, gehackt
- 1 TL 5 Gewürzpulver, Asia
- 1 TL Fischsoße
- 1 TL Sojasoße

Zubereitung

1) Erhitzen Sie den Wok und geben Sie das Öl hinein.
2) Garen Sie die Mie Nudeln nach Anweisung, danach abtropfen lassen.
3) Braten Sie das Hackfleisch krümelig an und heben Sie die Gewürze sowie Soßen unter.
4) Das Gemüse zum Hackfleisch geben und alles gemeinsam für fünf Minuten anbraten.
5) Die Mie Nudeln unterheben und kurz ziehen lassen.
6) Gemeinsam servieren.

25. Ananas & Hähnchen

				Kategorie ***Hähnchen***
Level	Portionen	Vorbereitungszeit	Kochzeit	Gesamtzeit
Leicht	***4 Portionen***	***10 Minuten***	***10 Minuten***	***20 Minuten***

525 kcal | 41 g KH | 22 g EW | 25 g F

Zutaten für 4 Portionen

- 200 g Basmatireis, gekocht
- 150 g Ananas, in Stücken
- 3 EL Öl
- 1 TL Currypaste
- ¼ TL Zucker
- 3 EL Fischsoße
- 400 ml Kokosmilch, aus der Dose
- 1 Bund Basilikum, gehackt zum Garnieren
- 600 g Hähnchenbrustfilet, in Stücken
- Salz & Pfeffer

Zubereitung

1) Erhitzen Sie das Öl im Wok, geben Sie das Fleisch hinein und braten es für zwei Minuten von allen Seiten an. Fügen Sie die Gewürze hinzu und löschen Sie alles mit der Kokosmilch ab.
2) Die Ananas hinzugeben und kurz mitköcheln lassen.
3) Alles abschmecken, den Reis mit dem Basilikum bestreuen und servieren.

26. Süße Sauer Huhn

				Kategorie ***Hähnchen***
Level	Portionen	Vorbereitungszeit	Kochzeit	Gesamtzeit
Leicht	***4 Portionen***	***15 Minuten***	***30 Minuten***	***45 Minuten***

250 kcal | 14 g KH | 15 g EW | 1,68 g F

Zutaten für 4 Portionen

- 1 Peperoni, in Ringen
- 400 g Pouletfleisch, in Würfel
- 300 g Ananas, in Stücke
- 1 Salatgurke, in feinen Streifen
- 1 Zwiebel, gehackt
- 3 EL Fischsoße
- 4 EL Ketchup
- 3 EL Wasser
- 2 EL Zucker
- 2 Tomaten, gehackt
- 2 Knoblauchzehen, gehackt
- 2 EL Sojasoße
- 1 EL Speisestärke

Zubereitung

1) Vermischen Sie die Speisestärke mit dem Wasser.
2) Erhitzen Sie den Wok und braten Sie das Fleisch darin an, danach aus dem Wok nehmen.
3) Geben Sie das Gemüse, die Gewürze und die Soßen hinein. Braten Sie alles für drei bis vier Minuten.
4) Rühren Sie die Speisestärke ein und heben Sie das Fleisch erneut unter.
5) Alles gut vermischen und servieren.

27. Süße & Sauer Geschnetzeltes

				Kategorie ***Hähnchen***
Level	Portionen	Vorbereitungszeit	Kochzeit	Gesamtzeit
Mittel	***4 Portionen***	***20 Minuten***	***30 Minuten***	***50 Minuten***

1345 kcal | 47 g KH | 21 g EW | 18,44 g F

Zutaten für 4 Portionen

- 3 EL Maiskeimöl
- 600 g Poulet-Brustfilet, in Stücken
- 1 Paprika, gelb, gewürfelt
- 1 Paprika, rot, gewürfelt
- 2 Lauchzwiebeln, in Ringen
- 1 EL Sojasoße
- 2 TL Zucker
- 1 TL Speisestärke
- 150 g Ananas, in Stücken
- 1 TL Paprikapulver, edelsüß
- 1 Prise Kardamom, gemahlen
- 1 EL Balsamico-Essig
- 2 cm Ingwer, gerieben
- 2 EL Sesamöl
- 2 EL Sojasoße

Zubereitung

1) Ingwer, Sesamöl, zwei Esslöffel Sojasoße und Balsamico-Essig mit dem Fleisch vermischen und 15 Minuten ziehen lassen.
2) Danach vermischen Sie die Speisestärke mit dem Zucker und dem Kardamom, geben zwei Esslöffel dazu und vermischen alles gut.
3) Erhitzen Sie den Wok. Öl, Marinade und Fleisch hineingeben und für vier Minuten anbraten. Heben Sie bis auf die Speisestärke alle anderen Zutaten unter und vermischen Sie alles gut.
4) Rühren Sie die Speisestärke ein und nach Erreichen der gewünschten Sämigkeit servieren.

28. Scharfes Curry Huhn

Level	Portionen	Vorbereitungszeit	Kochzeit	Kategorie ***Hähnchen*** Gesamtzeit
Mittel	***4 Portionen***	***10 Minuten***	***10 Minuten***	***20 Minuten***

530 kcal | 21 g KH | 28 g EW | 26 g F

Zutaten für 4 Portionen

- ½ Dose Kokosmilch
- 3 Tassen Basmatireis, gekocht
- 2 EL Currypaste, rot
- 500 g Hähnchenbrust, in Stücken
- 1 EL Sojasoße
- 2 EL Öl
- 1 Chili, gehackt
- 1 Zwiebel, in feinen Streifen
- 2 Karotten, in feinen Streifen
- 1 Paprika, gelb, gewürfelt
- 1 Paprika, rot, gewürfelt
- 100 g Bambussprossen, frisch
- Salz & Pfeffer

Zubereitung

1) Geben Sie Öl, Currypaste sowie die Gewürze in den heißen Wok.
2) Vermischen Sie Fleisch und Gemüse und geben Sie beides gemeinsam in den Wok. Braten Sie alles für drei bis vier Minuten an.
3) Löschen Sie die Mischung mit der Kokosmilch ab und lassen Sie diese kurz andicken. Sofort heiß servieren.

29. Bananen Hähnchen

				Kategorie ***Hähnchen***
Level	Portionen	Vorbereitungszeit	Kochzeit	Gesamtzeit
Leicht	***4 Portionen***	***10 Minuten***	***20 Minuten***	***30 Minuten***

660 kcal | 57 g KH | 28 g EW | 38 g F

Zutaten für 4 Portionen

- 500 g Hähnchenbrust, in Stücken
- ½ Bund Basilikum, zum Garnieren
- 15 g Ingwer, gehackt
- 10 getrocknete Aprikosen, gehackt
- 150 g Reis, gekocht
- 2 Bananen, in dünnen Scheiben
- 2 EL Öl
- 1 Dose Kokosmilch
- 1 TL Zimt
- 1 TL Koriander, gemahlen
- 1 Paprika, rot, in Würfel
- 3 Schalotten, in feinen Stücken
- ½ TL Salz
- 1 TL Pfeffer

Zubereitung

1) Den Wok erhitzen und die Schalotten mit dem Öl und dem Ingwer anbraten. Die Paprika dazugeben und das Hähnchen für sechs Minuten mitgaren.
2) Die Kokosmilch mit den Aprikosen, Bananen, und den Gewürzen dazugeben. Alles gut vermischen und für fünf Minuten köcheln lassen. Mit dem Reis und dem Basilikum servieren.

30. Brokkoli & Hähnchen-Wok

				Kategorie ***Hähnchen***
Level	Portionen	Vorbereitungszeit	Kochzeit	Gesamtzeit
Mittel	***3 Portionen***	***10 Minuten***	***20 Minuten***	***30 Minuten***

423 kcal | 25 g KH | 26 g EW | 29 g F

Zutaten für 3 Portionen

- 500 g Hähnchenbrust, in Stücken
- 10 g Ingwer, gehackt
- 100 g Brokkoli, in Röschen
- 3 Paprika, gehackt
- 1 Chili, gehackt
- 2 Lauchzwiebeln, in Ringen
- 2 Knoblauchzehen, gehackt
- 3 EL Sojasoße
- 2 EL Sesam-Öl
- 2 EL Öl
- 1 TL Speisestärke
- 2 TL Wasser
- 100 ml Weißwein
- Salz & Pfeffer

Zubereitung

1) Rühren Sie die Speisestärke mit zwei Teelöffeln Wasser glatt, stellen Sie diese zur Seite.
2) Erhitzen Sie den Wok mit dem Öl und braten Sie darin das Fleisch scharf an, danach die Gemüse und Gewürze dazugeben, die Flüssigkeiten einrühren.
3) Die Speisestärke unterheben und das Gericht bis zur gewünschten Sämigkeit andicken.
4) Servieren.

31. Mah Meh Wok

				Kategorie ***Hähnchen***
Level	Portionen	Vorbereitungszeit	Kochzeit	Gesamtzeit
Leicht	***4 Portionen***	***15 Minuten***	***30 Minuten***	***45 Minuten***

384 kcal | 37 g KH | 13,8 g EW | 6,82 g F

Zutaten für 4 Portionen

- 250 g Chinakohl, in Streifen
- 1 EL Öl
- 400 g Pouletbrust, in Stücken
- 1 Peperoni gelb, gehackt
- 1 Prise Pfeffer
- Salz
- 1 TL Sojasoße
- ½ TL Sambal Oelek
- 2 Zwiebeln, gehackt
- 200 g chinesische Eiernudeln, gegart
- 2 Knoblauchzehen, gehackt
- 1 Peperoni rot, gehackt

Zubereitung

1) Das Öl, die Gewürze und das Sambal Oelek mit dem Fleisch in einem heißen Wok anbraten, garen und zur Seite stellen.
2) Das Gemüse in den Wok geben und gut anbraten.
3) Die Nudeln mit dem Fleisch unterheben, alles für zwei Minuten anbraten und servieren.

32. Curry Wok - Hähnchen

Level	Portionen	Vorbereitungszeit	Kochzeit	Kategorie ***Hähnchen*** Gesamtzeit
Leicht	***4 Portionen***	***60 Minuten***	***30 Minuten***	***90 Minuten***

277 kcal | 18 g KH | 23 g EW | 5 g F

Zutaten für 4 Portionen

- 10 g Butter
- ½ TL Kardamom, gemahlen
- 2 EL Curry
- 1 Prise Kreuzkümmel, gemahlen
- 3 Chili, gehackt
- 2 Nelken
- 3 Knoblauchzehen, gehackt
- ½ Dose Kokosmilch
- 1 Bund Koriander, gehackt zum Garnieren
- 2 Zwiebeln, gehackt
- 1 Prise Salz & Pfeffer
- 1 Dose Tomaten, gehackt
- Wasser
- 1 Zimtstange
- 500 g Pouletfilet, in Würfel
- 10 Curryblätter, getrocknet

Zubereitung

1) Alle Gewürze, bis auf Zimtstange und Nelken, in eine Mühle geben und fein mahlen. Die Gewürze mit dem Öl in einen Wok geben und anbraten.
2) Zimtstange, Chili, Knoblauch und Fleisch hineingeben. Alles anbraten.
3) Mit den restlichen Zutaten auffüllen und alles gut vermischen.
4) Für 20 Minuten leicht köcheln lassen und heiß servieren.

33. Thai Wok

				Kategorie ***Hähnchen***
Level	Portionen	Vorbereitungszeit	Kochzeit	Gesamtzeit
Leicht	***8 Portionen***	***15 Minuten***	***30 Minuten***	***45 Minuten***

532 kcal | 46 g KH | 31 g EW | 52 g F

Zutaten für 8 Portionen

- 800 g Hähnchenbrustfielt, in Stücken
- 120 g Erdnusskerne, gesalzen
- 1 Bund Koriander, gehackt, zum Garnieren
- 4 Möhren, in Scheiben
- 2 Schalotten, gehackt
- 8 EL Öl
- 4 cm Ingwer, gehackt
- 1 Brokkoli, in Röschen
- 250 g Champignons, in Scheiben
- 2 Chili, gehackt
- 250 g Zuckerschoten
- 2 EL Maisstärke
- 2 EL Currypaste
- 4 Dosen Kokosmilch
- 4 EL Sojasoße
- 6 Frühlingszwiebeln, in Ringen
- Salz & Pfeffer
- 4 Paprika, rot, in Würfeln

Zubereitung

1) Gewürze, Öl und Fleisch vermischen und 15 Minuten ziehen lassen.
2) Das Hähnchen mit der Maisstärke bestäuben.
3) Öl im Wok erhitzen, das Fleisch scharf anbraten und garen, heraus nehmen und zur Seite stellen.
4) Das Gemüse hineingeben, mit der Kokosmilch ablöschen und für fünf Minuten köcheln lassen.
5) Alles unterheben, mit Koriander garnieren und servieren.

34. Hähnchen Masala Wok

				Kategorie ***Hähnchen***
Level	Portionen	Vorbereitungszeit	Kochzeit	Gesamtzeit
Leicht	***4 Portionen***	***180 Minuten***	***30 Minuten***	***210 Minuten***

395 kcal | 15 g KH | 47 g EW | 16 g F

Zutaten für 4 Portionen

- 750 g Hähnchenbrust, in Stücken
- 150 g Joghurt
- 2 cm Ingwer, gehackt
- 3 Knoblauchzehen, gehackt
- 1 Zitronensaft
- 1 EL Öl
- 1 TL Salz
- 1 EL Paprikapulver, rosenscharf
- 1 EL Garam Masala
- 1 TL Kreuzkümmel, gemahlen
- 2 Zwiebeln, gehackt
- 2 EL Ghee
- 6 Kardamomkapseln
- ½ TL Zimt
- 1 TL Kurkuma
- 1 Dose Tomaten, stückig
- 50 ml Sahne
- 3 TL Honig, naturtrüb

Zubereitung

1) Tomaten aus der Dose, Joghurt, Ingwer, Knoblauch, Zitronensaft, Gewürze, Honig, Sahne, Ghee, Kurkuma, Zimt, Kardamom, Zwiebeln und das Fleisch vermischen und alles drei Stunden ziehen lassen.
2) Geben Sie das Fleisch in eine Auflaufform, heizen Sie den Backofen auf 180 °C Umluft vor und garen Sie das Fleisch darin 35 Minuten.
3) Erhitzen Sie den Wok und braten Sie die Zwiebeln braun an. Nehmen Sie das Fleisch heraus. Die Soße durch ein Sieb geben und mit dem Fleisch in den Wok füllen. Alles für fünf Minuten garen, danach servieren.

35. Huhn & Reis

				Kategorie ***Hähnchen***
Level	Portionen	Vorbereitungszeit	Kochzeit	Gesamtzeit
Leicht	***4 Portionen***	***20 Minuten***	***20 Minuten***	***40 Minuten***

790 kcal | 60 g KH | 42 g EW | 41 g F

Zutaten für 4 Portionen

- 300 g Vollkornreis, gegart
- 1 Bund Frühlingszwiebeln, in Ringen
- Salz & Pfeffer
- 6 Eier, verquirlt
- 1 Limettensaft
- 5 EL Sojasoße
- 80 g Shiitakepilze, gehackt
- 2 Spritzer Tabasco
- 4 EL Öl
- ½ Bund Koriander, gehackt zum Garnieren
- 250 g Hähnchenbrust, in Streifen

Zubereitung

1) Wok erhitzen, danach das Öl hineingeben.
2) Braten Sie das Fleisch darin an, würzen und herausnehmen.
3) Gemüse, Sojasoße, Tabasco, Limettensaft, Reis, Salz und Pfeffer in den Wok geben und alles knusprig anbraten. Geben Sie das Fleisch dazu und das Ei darüber.
4) Verrühren, bis alles schön angebraten ist.
5) Mit dem Koriander garnieren und servieren.

36. Knusper Huhn

				Kategorie ***Hähnchen***
Level	Portionen	Vorbereitungsze it	Kochzeit	Gesamtzeit
Mittel	***4 Portionen***	***10 Minuten***	***20 Minuten***	***30 Minuten***

610 kcal | 47 g KH | 18 g EW | 38 g F

Zutaten für 4 Portionen

- 600 g Hähnchenbrust, in Würfel
- 1 Spitzpaprika, gehackt
- 3 Frühlingszwiebeln, in Ringen
- 500 g Wok Gemüse, TK
- ½ Dose Mais, abgetropft
- 3 EL Gemüsefond
- 3 EL Erdnüsse, gesalzen, gehackt
- Salz & Pfeffer
- Öl
- 1 TL Sojasoße
- 2 EL Mehl

Zubereitung

1) Würzen Sie das Hähnchenfleisch mit Salz und Pfeffer und wälzen Sie es im Mehl.
2) Erhitzen Sie den Wok, geben Sie Öl hinein und braten Sie das Hähnchen knusprig an. Auf einen Teller geben und warmhalten.
3) Geben Sie das Gemüse in den Wok, löschen Sie es mit dem Fond ab und heben Sie das Hähnchenfleisch wieder unter. Die Erdnüsse darüber streuen und servieren.

37. WOK Kokos Hähnchen

				Kategorie ***Hähnchen***
Level	Portionen	Vorbereitungszeit	Kochzeit	Gesamtzeit
Leicht	***4 Portionen***	***10 Minuten***	***20 Minuten***	***30 Minuten***

339 kcal | 47 g KH | 21 g EW | 17,3 g F

Zutaten für 4 Portionen

- 2 EL Erdnussbutter
- 2 EL Erdnussöl
- 1 Prise Salz
- 6 Stiele Basilikum, gehackt
- 2 EL Currypaste, rot
- 120 g Maiskölbchen
- 1 Dose Kokosmilch
- 2 Peperoni, gehackt
- 2 EL Zucker, braun
- 150 g Kefen, in Stücken
- 300 g Poulet, geschnetzelt
- 200 g Möhren, in Scheiben

Zubereitung

1) Wok mit dem Erdnussöl erhitzen, das Fleisch darin scharf anbraten und herausnehmen.
2) Geben Sie die Currypaste sowie die Erdnussbutter hinein, braten Sie die Mischung leicht an und heben Sie Fleisch und Gemüse unter.
3) Löschen Sie die Zutaten mit der Kokosmilch ab und lassen Sie alles etwa zehn Minuten leicht köcheln.
4) Danach das Basilikum sowie die Kefen hineingeben und servieren.

38. WOK Erdnuss Nudeln

				Kategorie ***Hähnchen***
Level	Portionen	Vorbereitungszeit	Kochzeit	Gesamtzeit
Leicht	***4 Portionen***	***5 Minuten***	***10 Minuten***	***15 Minuten***

370 kcal | 49 g KH | 19 g EW | 14,5 g F

Zutaten für 4 Portionen

- 1 Glas Sojabohnen, abgetropft
- 3 EL Erdnussbutter
- 1 Bund Lauchzwiebeln, in Ringen
- 2 EL Erdnussöl
- 1 TL Sojasoße
- ½ TL Sambal Oelek
- 150 ml Brühe
- Salz & Pfeffer
- 400 ml Kokosmilch
- 400 g Hähnchenbrustfilet, in Stücken
- 150 g gekochte, chinesische Eiernudeln

Zubereitung

1) Erhitzen Sie das Erdnussöl im Wok.
2) Braten Sie das Fleisch sowie die Frühlingszwiebeln darin an. Gießen Sie die Kokosmilch dazu und heben Sie die Sojakeimlinge unter.
3) Alles für fünf Minuten köcheln lassen, würzen und mit den Nudeln servieren.

39. Wok Gemüse Hähnchen

				Kategorie ***Hähnchen***
Level	Portionen	Vorbereitungszeit	Kochzeit	Gesamtzeit
Leicht	***4 Portionen***	***10 Minuten***	***20 Minuten***	***30 Minuten***

463 kcal | 21 g KH | 29 g EW | 11 g F

Zutaten für 4 Portionen

- 200 g Mie Nudeln, gegart
- 5 EL Kokosraspeln
- 2 EL Paniermehl
- 1 EL Weizenmehl
- 2 EL Kokosmilch
- 1 Ei
- 1 Bund Frühlings-zwiebeln, in Ringen
- ½ Chili, gehackt
- 2 EL Oystersoße
- 1 TL Gemüsebrühe
- 180 ml Wasser
- 1 TL Agavendicksaft
- 1 rote Paprika, in Stücken
- 650 g Mangold, in Stücken
- Salz & Pfeffer
- ½ TL Currypaste
- 4 EL Rapsöl
- ¼ TL Cayennepfeffer
- 400 g Hähnchenbrustfilet, in Stücken

Zubereitung

1) Erhitzen Sie den Wok, geben Sie das Öl hinein und braten Sie das Gemüse mit einem Esslöffel Gemüsebrühe an. Das Gemüse mit dem Wasser ablöschen und 15 Minuten köcheln lassen.
2) Die Kokosmilch mit dem Ei verrühren, würzen.
3) Das Fleisch zuerst im Mehl, dann im Ei und zuletzt in den Kokosraspeln wenden. Eine weitere Pfanne erhitzen und das Fleisch scharf anbraten.
4) Restliche Zutaten im Wok vermischen, mit dem Fleisch servieren.

40. Soja Wok

				Kategorie ***Fisch***
Level	Portionen	Vorbereitungs zeit	Kochzeit	Gesamtzeit
Leicht	***4 Portionen***	***10 Minuten***	***20 Minuten***	***30 Minuten***

431 kcal | 23 g KH | 19 g EW | 7,3 g F

Zutaten für 4 Portionen

- 250 g asiatische Eiernudeln, gekocht
- 100 g Erbsen, K
- 1 Ei
- 250 ml Hühnerfond
- 1 EL Öl
- 50 g Karotten, gestiftet
- 100 g Sojasprossen, aus dem Glas
- 100 g Lauchzwiebeln, in Ringen
- 1 TL Chilisoße
- 1 TL Ketjap Manis
- 1 TL Sambal Oelek
- 1 TL Sojasoße

Zubereitung

1) Vermischen Sie die Soßen miteinander.
2) Erhitzen Sie den Wok und braten Sie Fleisch und Gemüse scharf an.
3) Geben Sie den Hühnerfond hinzu und lassen Sie diesen verkochen. Wenn die Flüssigkeit verdampft ist, die Nudeln unterheben, anbraten und das Ei darüber geben.
4) Würzen und servieren.

41. Hähnchen Curry

				Kategorie ***Hähnchen***
Level	Portionen	Vorbereitungs zeit	Kochzeit	Gesamtzeit
Mittel	***2 Portionen***	***15 Minuten***	***20 Minuten***	***35 Minuten***

407 kcal | 18 g KH | 25,7 g EW | 24,5 g F

Zutaten für 2 Portionen

- 180 g Hühnerbrust, in Stücken
- 1 EL Öl
- 1 rote Zwiebel, gehackt
- 1 Stange Lauch, in Ringen
- 1 Chili, gehackt
- 1 Zucchini, in Stücken
- 1 rote Paprika, gewürfelt
- 2 EL Sojasoße
- Salz & Pfeffer
- 1 EL Mungobohnen-Keimlinge
- 1 Karotte, in Scheiben

Zubereitung

1) Das Öl in den heißen Wok geben und Zwiebel, Chili, Hähnchen und Zucchini darin anbraten.
2) Das Hähnchen komplett durchgaren. Anschließend die anderen Zutaten, bis auf den Lauch und die Mungobohnen-Keimlinge, unterheben und alles gut durchwürzen.
3) Lauch und Mungobohnen-Keimlinge unterheben und servieren.

42. Paprika Wok

				Kategorie ***Hähnchen***
Level	Portionen	Vorbereitungs zeit	Kochzeit	Gesamtzeit
Leicht	***2 Portionen***	***30 Minuten***	***30 Minuten***	***60 Minuten***

295 kcal | 11 g KH | 36 g EW | 12 g F

Zutaten für 2 Portionen

- 300 g Hähnchenbrust, in Stücken
- 2 EL Sojasoße
- 1 EL Sesamöl
- Salz & Pfeffer
- 1 Paprika Trio, gewürfelt
- ½ Bund Lauchzwiebeln, in Ringen
- 1 Knoblauchzehe, gehackt

Zubereitung

1) Geben Sie die Sojasoße zum Knoblauch und vermischen Sie das Fleisch damit, kneten Sie die Marinade gut ein und lassen Sie das Fleisch für eine Stunde ruhen.
2) Das Sesamöl im Wok erhitzen und das Fleisch mit der Marinade darin scharf anbraten und durchgaren. Das Gemüse unterheben und mitgaren.
3) Alles gut würzen und abschmecken.
4) Heiß servieren.

44. Wok Gemischt

				Kategorie ***Hähnchen***
Level	Portionen	Vorbereitungs zeit	Kochzeit	Gesamtzeit
Leicht	***2 Portionen***	***10 Minuten***	***15 Minuten***	***25 Minuten***

523 kcal | 23 g KH | 22 g EW | 17 g F

Zutaten für 2 Portionen

- 1 Zwiebel, gehackt
- 1 Tasse Reis, gekocht
- 1 Zucchini, in Scheiben
- 150 g Champignon, in Viertel
- ½ Paprika, rot, gewürfelt
- 1 EL Sojasoße
- 2 EL Öl
- ½ Paprika, grün, gewürfelt
- 300 g Hähnchenbrust, in Würfel

Zubereitung

1) Öl und Sojasoße in den Wok geben.
2) Braten Sie das Fleisch darin gut an und heben Sie die Zwiebeln unter. Danach das Fleisch herausnehmen und warmhalten.
3) In der Zwischenzeit das Gemüse anbraten, das Fleisch erneut dazugeben und zusammen mit dem Reis servieren.

45. Reis Wok

				Kategorie ***Huhn***
Level	Portionen	Vorbereitungszeit	Kochzeit	Gesamtzeit
Leicht	***2 Portionen***	***10 Minuten***	***15 Minuten***	***25 Minuten***

418 kcal | 23 g KH |25 g EW | 16 g F

Zutaten für 2 Portionen

- 3 Frühlingszwiebeln, gehackt
- 100 g Sojasprossen
- 6 EL Wiener Würze
- 100 g Zuckerschoten
- 1 Paprika, rot, gewürfelt
- 1 Zucchini, in Scheiben
- 2 Karotten, in Scheiben
- 2 EL Erdnussöl
- 400 g Hähnchenbrustfilet, in Stücken
- 125 g Basmati-Reis, gekocht
- 1 Knoblauchzehe, gehackt

Zubereitung

1) Öl im Wok erhitzen, dann das Fleisch darin scharf anbraten, gut würzen. Fleisch herausnehmen und warmhalten.
2) Braten Sie das Gemüse und den Reis im Wok an.
3) Würzen Sie alles gut und geben Sie das Fleisch wieder dazu. Alles erneut umrühren und servieren.

46. Asia Wok

				Kategorie ***Hähnchen***
Level	Portionen	Vorbereitungszeit	Kochzeit	Gesamtzeit
Leicht	***4 Portionen***	***10 Minuten***	***20 Minuten***	***30 Minuten***

510 kcal | 25 g KH | 19 g EW | 13 g F

Zutaten für 4 Portionen

- 2 Zwiebel, gehackt
- 1 Paprika, rot, gewürfelt
- 1 Paprika, gelb, gewürfelt
- 200 g Brokkoli, in Röschen
- 3 Frühlingszwiebeln, in Ringen
- 1 TL Pfeffer
- 1 TL Salz
- ½ TL Chiliflocken
- 150 g Champignons, in Scheiben
- 1 rote Zwiebeln, gewürfelt
- 400 g Hähnchenbrustfilet, in Würfeln
- 300 g Eiernudeln, gekocht
- 2 EL Sojasoße
- 1 EL Speisestärke mit 2 EL Wasser vermischt
- 1 TL Ingwer, gerieben
- 2 Knoblauchzehen, gepresst
- 1 EL Sesam-ÖL

Zubereitung

1) Sesam-Öl mit Ingwer, Knoblauch, Sojasoße, angerührter Speisestärke und dem Fleisch vermengen. Lassen Sie die Mischung mindestens 30 Minuten ziehen.
2) Erhitzen Sie den Wok. Fleisch mit der Marinade hineingeben und alles gut durchbraten, anschließend warmhalten.
3) Gemüse in den Wok geben und anbraten.
4) Fleisch und Nudeln unterheben und vor dem Servieren gut vermischen.

47. Red Curry

				Kategorie ***Hähnchen***
Level	Portionen	Vorbereitungszeit	Kochzeit	Gesamtzeit
Leicht	***2 Portionen***	***10 Minuten***	***10 Minuten***	***20 Minuten***

909 kcal | 32 g KH | 18 g EW | 17,5 g F

Zutaten für 2 Portionen

- 350 g Jasminreis, gekocht
- 1 Möhre, in Scheiben
- 800 ml Kokosmilch
- 200 g Kaiserschoten
- 500 g Hähnchenbrustfilet, in Stücken
- 2 Frühlingszwiebeln, in Ringen
- 2 EL Sesam-Öl
- 3 EL rote Currypaste

Zubereitung

1) Erhitzen Sie das Öl im Wok, geben Sie das Fleisch hinein und braten Sie es gut durch.
2) Nehmen Sie das Fleisch heraus und halten Sie es warm.
3) Nun das Gemüse hineingeben, anbraten und herausnehmen.
4) Geben Sie die Currypaste mit den Gewürzen und der Kokosmilch hinein, vermischen Sie alles und heben Sie Fleisch, Gemüse und Reis unter. Gut durchmischen und servieren.

48. Somen Wok

				Kategorie ***Pute***
Level	Portionen	Vorbereitungs zeit	Kochzeit	Gesamtzeit
Leicht	***4 Portionen***	***10 Minuten***	***20 Minuten***	***30 Minuten***

530 kcal | 51 g KH | 53 g EW | 12 g F

Zutaten für 4 Portionen

- 2 Zwiebeln, gehackt
- 1 Chili, gehackt
- 3 EL Teriyakisoße
- 3 EL Erdnüsse, gesalzen, gehackt
- 250 g Somen-Nudeln, gegart
- 500 g Putenbrustfilet, in Stücken
- 3 EL Sesamöl
- 500 g Brokkoli, in Röschen
- 2 Knoblauchzehen, gehackt

Zubereitung

1) Geben Sie das Öl mit dem Fleisch und den Zwiebeln, dem Knoblauch und der Teriyakisoße in den Wok. Braten Sie das Fleisch gut an.
2) Geben Sie das Gemüse dazu, unterheben und für fünf Minuten mitgaren.
3) Nudeln dazugeben und alles gut vermischen.
4) Servieren Sie das Gericht frisch.

49. Ananas Puten Wok

				Kategorie ***Pute***
Level	Portionen	Vorbereitungszeit	Kochzeit	Gesamtzeit
Mittel	***4 Portionen***	***10 Minuten***	***20 Minuten***	***30 Minuten***

634 kcal | 52 g KH | 26 g EW | 31 g F

Zutaten für 4 Portionen

- 1 Dose Ananas, in Stücken
- 1 Zwiebel, gehackt
- 8 EL Sojasoße
- 6 EL Ananassaft
- 300 Champignons, in Scheiben
- 2 EL Öl
- 2 TL Speisestärke
- 600 g Putenbrustfilet, in Stücken
- 1 Paprika, rot, gewürfelt
- Salz & Pfeffer
- 375 ml Gemüsebrühe
- 3 EL Ketchup
- 2 EL Essig
- 1 EL Zucker
- 3 EL Reiswein
- 2 Stangen Porree, in Ringenn

Zubereitung

1) Vermischen Sie die Sojasoße mit der Stärke. Dann das Fleisch hineingeben und für 15 Minuten ziehen lassen.
2) Erhitzen Sie den Wok und braten Sie das Fleisch mit der Marinade scharf an.
3) Heben Sie das Gemüse unter und braten Sie dieses für fünf Minuten mit an. Würzen Sie alles gut durch.
4) Vermischen Sie Ketchup, Essig, Ananassaft, Reiswein und die Gewürze. Geben Sie die Mischung in den Wok und mischen Sie alles gut durch.
5) Vor dem Servieren nochmals abschmecken.

50. Mango Curry

				Kategorie ***Pute***
Level	Portionen	Vorbereitungs zeit	Kochzeit	Gesamtzeit
Leicht	***4 Portionen***	***20 Minuten***	***20 Minuten***	***40 Minuten***

455 kcal | 15 g KH | 32 g EW | 26 g F

Zutaten für 4 Portionen

- ½ Dose Litschis, halbiert
- 1 EL Curry
- 2 EL Sojasoße
- 1 EL Erdnussöl
- 250 g Basmatireis, gekocht
- 700 g Putenfleisch, in Stücken
- 1 Chinakohl, in Streifen
- 2 Mangos, in Stücken
- ½ Dose Ananas, in Stücken
- 1 Dose Mandarinen, halbiert
- 1 Dose Pfirsich mit Pfirsich Mark

Zubereitung

1) Das Putenfleisch mit der Sojasoße vermischen und für 30 Minuten ruhen lassen.
2) Das Öl im Wok erhitzen und das Fleisch darin scharf anbraten, würzen.
3) Den Chinakohl, das Obst und den Reis unterheben und alles für fünf Minuten garen.
4) Abschmecken und servieren.

51. Puten Nudel Wok

				Kategorie ***Putenfleisch***
Level	Portionen	Vorbereitungs zeit	Kochzeit	Gesamtzeit
Leicht	***2 Portionen***	***5 Minuten***	***10 Minuten***	***15 Minuten***

623 kcal | 61,7 g KH | 53 g EW | 17,4 g F

Zutaten für 2 Portionen

- 1 Zwiebel, gehackt
- 125 g Wok Nudeln, gegart
- 1 Knoblauchzehe, gehackt
- 250 ml Brühe
- 400 g Wok Gemüse, TK
- Salz
- Zitronenpfeffer
- 3 EL Sojasoße
- 300 g Putenschnitzel, in Streifen
- 2 EL Öl
- 2 EL Teriyakisoße
- 5 cm Ingwer, gehackt

Zubereitung

1) Erhitzen Sie das Öl im Wok und geben Sie das Fleisch mit Ingwer, Knoblauch, Zwiebeln und Gewürzen hinein. Braten Sie alles gut durch.
2) Geben Sie das Gemüse dazu und braten Sie dieses für fünf Minuten mit. Danach mit der Teriyakisoße vermischen und servieren.

52. Zucchini Wok & Pute

				Kategorie ***Pute***
Level	Portionen	Vorbereitungszeit	Kochzeit	Gesamtzeit
Mittel	***3 Portionen***	***10 Minuten***	***10 Minuten***	***20 Minuten***

612 kcal | 52 g KH | 29 g EW | 21 g F

Zutaten für 3 Portionen

- 1 Zwiebel, gehackt
- 2 Zucchini, in Stücken
- 3 Paprika, rot, in Streifen
- 1 Bund Lauchzwiebeln, in Ringen
- 3 Tomaten, in Stücken
- 1 EL Austernsoße
- 1 EL Teriyakisoße
- 1 EL Sojasoße
- 1 TL Chili-Öl
- ½ TL Chiliflocken
- 150 ml Kokosmilch
- Salz & Pfeffer
- 400 g Hähnchenbrust, in Streifen

Zubereitung

1) Vermischen Sie das Öl mit den Soßen. Geben Sie das Fleisch hinein und lassen es zehn Minuten ziehen.
2) Braten Sie das Fleisch im heißen Wok an, mischen Sie die restlichen Zutaten darunter und garen Sie alles zusammen für weitere fünf Minuten.
3) Danach abschmecken und servieren.

53. Puten Curry

Level	Portionen	Vorbereitungszeit	Kochzeit	Gesamtzeit (Kategorie *Pute*)
Mittel	***4 Portionen***	***15 Minuten***	***20 Minuten***	***35 Minuten***

645 kcal | 41 g KH | 27 g EW | 49 g F

Zutaten für 4 Portionen

- 3 Zwiebel, gehackt
- 500 g Champignons, in Vierteln
- 4 Tomaten, gehackt
- 1 Becher Schmand
- 1 Stange Porree, in Ringen
- 80 g Cashewnüsse
- Salz & Pfeffer
- 2 EL Sojasoße
- 1 EL Currypaste
- 3 EL Öl
- 1 Dose Kokosmilch
- 2 Paprika, rot, gewürfelt
- 500 g Putenbrustfilet, in Stücken
- 2 Knoblauchzehen, gehackt

Zubereitung

1) Legen Sie das Fleisch in der Sojasoße ein und lassen Sie es dort für zehn Minuten ruhen.
2) Das Fleisch mit der Sojasoße und dem Öl im Wok anbraten und danach warm stellen.
3) Geben Sie die Currypaste an das Öl und vermischen Sie beides. Das Gemüse unterheben und alles mit den Flüssigkeiten auffüllen.
4) Nochmals gut durchführen, Fleisch und Nüsse unterheben, gut umrühren. Vor dem Servieren nochmals abschmecken.

54. Puten & Mie Wok

				Kategorie ***Putenbrust***
Level	Portionen	Vorbereitungszeit	Kochzeit	Gesamtzeit
Leicht	***4 Portionen***	***150 Minuten***	***20 Minuten***	***170 Minuten***

516 kcal | 51 g KH | 24 g EW | 11,6 g F

Zutaten für 4 Portionen

- 1 Zwiebel, gehackt
- 300 g Mie Nudeln, gegart
- 350 g Putenbrust, in Streifen
- 1 EL Sojasoße, hell
- 1 Ei
- Salz & Pfeffer
- 3 Möhren, in Stiften
- 40 g Ingwer, gerieben
- 3 EL Sojasoße, hell
- 1 Msp. Sambal Oelek
- 2 Frühlingszwiebeln, in Ringen
- 150 g Sojabohnen-sprossen
- 3 EL Öl
- ½ TL Sambal Oelek
- 1 Knoblauchzehe, gehackt

Zubereitung

1) Vermischen Sie das Fleisch mit dem Ingwer, drei Esslöffeln Sojasoße sowie dem Sambal Oelek. Lassen Sie das marinierte Fleisch für zwei Stunden im Kühlschrank ruhen.
2) Erhitzen Sie den Wok und geben Sie das Öl hinein, braten Sie das Fleisch scharf an und stellen es zur Seite.
3) Geben Sie das Gemüse in den Wok, braten Sie es kurz an. Nudeln unterheben und ebenfalls kurz anbraten.
4) Schlagen Sie das Ei in einer Schüssel auf, geben Sie es in den Wok und rühren Sie alles gut durch.
5) Das Fleisch unterheben, alles abschmecken und servieren.

55. Rinder Bohnen Wok

				Kategorie ***Rind***
Level	Portionen	Vorbereitungszeit	Kochzeit	Gesamtzeit
Leicht	***4 Portionen***	***10 Minuten***	***20 Minuten***	***30 Minuten***

320 kcal | 17 g KH | 31 g EW | 13 g F

Zutaten für 4 Portionen

- 500 g Rinder Hüftsteak, in Streifen
- 2 cm Ingwer, gehackt
- 100 ml Sojasoße
- 250 g grüne Bohnen
- 250 g Zuckerschoten
- 1 Zwiebel, gehackt
- 3 EL Sesamöl
- 2 EL Sesam-Samen, geröstet, zum Garnieren
- 1 Knoblauchzehe, gehackt

Zubereitung

1) Den Ingwer mit der Sojasoße und dem Öl vermischen und das Fleisch für 30 Minuten darin durchziehen lassen.
2) Den Wok erhitzen, das marinierte Fleisch darin anbraten und garen.
3) Das Gemüse dazugeben und alles fünf Minuten braten.
4) Mit dem Sesam bestreuen und servieren.

56. Udon Rinder Wok

				Kategorie ***Rind***
Level	Portionen	Vorbereitungs zeit	Kochzeit	Gesamtzeit
Leicht	***2 Portionen***	***10 Minuten***	***10 Minuten***	***20 Minuten***

540 kcal | 66 g KH | 27 g EW | 16 g F

Zutaten für 2 Portionen

- 2 cm Ingwer, gehackt
- 2 Knoblauchzehen, gehackt
- 1 Chili, gehackt
- 2 Pak-Choi, in Streifen
- 2 Pack Udon-Nudeln, gekocht
- 1 Limettensaft
- ½ Bund Minze, gehackt zum Garnieren
- 3 EL Sojasoße
- 120 g Rinder-geschnetzeltes
- 1 TL Maisstärke

Zubereitung

1) Vermengen Sie Ingwer, Knoblauch, Sojasoße, Chili. Geben Sie das Fleisch hinein und lassen Sie es kurz darin marinieren.
2) Erhitzen Sie den Wok, geben Sie das Öl und das marinierte Fleisch hinein. Scharf an- und dann durchbraten.
3) Die anderen Zutaten, bis auf die Minze und die Nudeln, hinzufügen und für vier Minuten mitgaren. Die Nudeln unterheben.
4) Alles abschmecken, mit Minze bestreuen und servieren.

57. Mango Rind

				Kategorie ***Rind***
Level	Portionen	Vorbereitungs zeit	Kochzeit	Gesamtzeit
Leicht	***4 Portionen***	***10 Minuten***	***20 Minuten***	***30 Minuten***

520 kcal | 73 g KH | 23 g EW |13 g F

Zutaten für 4 Portionen

- 1 Zwiebel, gehackt
- 1 Mango, in Würfeln
- 300 g Rindergeschnetzeltes
- Salz & Pfeffer
- 4 EL Chilisoße
- 2 EL Erdnussöl
- 4 EL gesalzene Erdnüsse, gehackt
- 250 g Kefen, TK aufgetaut

Zubereitung

1) Erhitzen Sie das Öl im Wok und braten Sie die Mango mit der Zwiebel scharf an.
2) Heben Sie das Fleisch sowie die Chilisoße unter, alles mit Salz und Pfeffer würzen.
3) Kefen dazugeben und bei leichter Hitze fünf Minuten garen.
4) Mit den Erdnüssen garnieren und servieren.

58. Rind Paprika Wok

				Kategorie ***Rind***
Level	Portionen	Vorbereitungszeit	Kochzeit	Gesamtzeit
Leicht	***2 Portionen***	***10 Minuten***	***30 Minuten***	***40 Minuten***

386 kcal | 31 g KH | 19 g EW | 16,8 g F

Zutaten für 2 Portionen

- 3 Paprika bunt, in Stücken
- 100 g Grünkohl, in Streifen
- ½ Glas Bambus-Sprossen
- ½ TL Knoblauchpulver
- Salz & Pfeffer
- 100 g Shiitakepilze, eingeweicht
- 100 g Sojasprossen, Frisch
- 2 Tomaten, gehackt
- 1 Zwiebel, gehackt
- 200 g Lende, Rind, in Streifen
- 2 EL Öl
- 5 EL Sojasoße
- 100 g Erbsen, TK

Zubereitung

1) Das Fleisch mit der Sojasoße marinieren und 20 Minuten ruhen lassen.
2) Den Wok erhitzen, Öl hineingeben, das Fleisch anbraten und warmhalten.
3) Das Gemüse hineingeben und scharf anbraten.
4) Das Fleisch unterheben. Vor dem Servieren nochmals abschmecken.

59. Cashew Rind

				Kategorie ***Rind***
Level	Portionen	Vorbereitungszeit	Kochzeit	Gesamtzeit
Leicht	***4 Portionen***	***10 Minuten***	***10 Minuten***	***20 Minuten***

583 kcal | 36 g KH | 43 g EW | 30 g F

Zutaten für 4 Portionen

- 1 TL Rapsöl
- 2 Frühlingszwiebeln, in Ringen
- 20 g Cashewnüsse, gehackt
- 2 EL Sojasoße
- 1 Prise Zucker
- 30 g Reis, gekocht
- 120 g Rindersteak, in Streifen
- ½ rote Paprika, in Würfel

Zubereitung

1) Erhitzen Sie den Wok.
2) Geben Sie das Gemüse und das Fleisch hinein, braten Sie alles scharf an und lassen Sie die Mischung danach für fünf Minuten köcheln.
3) Heben Sie den Reis unter und schmecken Sie vor dem Servieren alles noch einmal ab.

60. Bohnen Rind

Level	Portionen	Vorbereitungszeit	Kochzeit	Kategorie ***Rind*** Gesamtzeit
Leicht	***4 Portionen***	***10 Minuten***	***20 Minuten***	***30 Minuten***

340 kcal | 12 g KH | 34 g EW | 13 g F

Zutaten für 4 Portionen

- 2 EL Öl
- 600 g grüne Bohnen, TK
- 2 Zwiebel, gehackt
- Salz & Pfeffer
- 3 EL Mandelblättchen, geröstet zum Garnieren
- 1 Stange Zitronengras, gehackt
- 2 Knoblauchzehen, gehackt
- 1 Chili, gehackt
- 500 g Hüftsteak, Rind, in Streifen
- 1 Sternanis
- 3 EL Sojasoße
- 6 Stiele Koriander, gehackt zum Garnieren
- 1 Zimtstange
- 3 Kardamomkapseln

Zubereitung

1) Geben Sie das Öl in den Wok und erhitzen Sie ihn stark.
2) Das Fleisch im Wok scharf anbraten, Fleisch zur Seite stellen, warmhalten.
3) Geben Sie alle anderen Zutaten, bis auf die zum Garnieren, in den Wok und braten Sie diese an.
4) Heben Sie sechs Esslöffel Wasser und das Fleisch unter, alles gut vermischen. Nehmen Sie anschließend, Anis, Kardamomkapseln und Zimtstange wieder heraus.
5) Bestreuen Sie das Gericht mit den Mandeln und dem Koriander. Sofort servieren.

61. Gemüse Rinder Wok

				Kategorie ***Rind***
Level	Portionen	Vorbereitungszeit	Kochzeit	Gesamtzeit
Mittel	***4 Portionen***	***15 Minuten***	***30 Minuten***	***45 Minuten***

269 kcal | 11 g KH | 28 g EW | 13 g F

Zutaten für 4 Portionen

- 1 EL Sesam-Samen, geröstet, zum Garnieren
- 1 rote Paprika, gewürfelt
- Chiliflocken
- 100 g Möhren, in Scheiben
- 1 Zwiebel, gehackt
- 1 Knoblauchzehe, gehackt
- 400 g Rinderfilet, in Streifen
- 200 g Champignons, in Scheiben
- 1 TL Speisestärke
- 3 EL Sojasoße
- 200 g Brokkoli, in Röschen
- 100 g Lauch, in Ringen
- 50 g Mungobohnen-Sprossen
- 1 EL Sherry-Essig
- 3 EL Sojasoße
- 2 EL Öl
- Salz & Pfeffer

Zubereitung

1) Vermischen Sie den Sherry-Essig mit zwei Esslöffeln Sojasoße, der Speisestärke sowie zwei Esslöffeln Wasser. Geben Sie das Fleisch hinein und lassen Sie es für 30 Minuten ziehen.
2) Erhitzen Sie den Wok und braten Sie das Fleisch darin scharf an.
3) Geben Sie das Gemüse dazu und rühren Sie 100 ml Wasser unter.
4) Lassen Sie die Mischung für vier Minuten leicht köcheln.
5) Abschmecken, garnieren und servieren.

62. Schneller Rinder Wok

				Kategorie ***Rind***
Level	Portionen	Vorbereitungs zeit	Kochzeit	Gesamtzeit
Leicht	***4 Portionen***	***10 Minuten***	***10 Minuten***	***20 Minuten***

547 kcal | 41 g KH | 22 g EW | 31 g F

Zutaten für 4 Portionen

- 1 Zwiebel, gehackt
- 200 g Champignons, in Vierteln
- 2 EL Sojasoße
- 1 EL Sesamöl
- 3 Rindersteaks, in Streifen
- 4 Möhren, in Scheiben
- 1 Mangold, in Streifen
- 1 Chili, gehackt
- Salz & Pfeffer
- 4 Knoblauchzehen, gehackt
- 60 g Sojasprossen

Zubereitung

1) Das Fleisch mit der Sojasoße und dem Öl vermischen und gut durchziehen lassen.
2) Den Wok erhitzen und das Fleisch mit Marinade hineingeben. Scharf anbraten und das Gemüse dazugeben.
3) Alles unterheben und gut durchmischen, für vier Minuten garen.
4) Würzen und abschmecken, frisch servieren.

63. Ingwer & Rinder Wok

				Kategorie ***Rind***
Level	Portionen	Vorbereitungszeit	Kochzeit	Gesamtzeit
Leicht	***4 Portionen***	***5 Minuten***	***10 Minuten***	***15 Minuten***

325 kcal | 7 g KH | 32 g EW | 19 g F

Zutaten für 4 Portionen

- 2 cm Ingwer, gehackt
- 250 g Knollensellerie, gewürfelt
- ½ Bund Thai Basilikum, zum Garnieren
- 2 Knoblauchzehe, gehackt
- 2 Paprika, rot, gewürfelt
- 2 EL Chilisoße
- 3 EL Austernsoße
- 600 g Rindersteak, in Streifen

Zubereitung

1) Erhitzen Sie den Wok und geben Sie das Öl hinein.
2) Braten Sie den Ingwer mit dem Knoblauch und dem Fleisch scharf an.
3) Geben Sie das Gemüse dazu und braten alles zusammen fünf Minuten durch. Danach würzen, abschmecken und servieren.

64. Rind & Kokos Wok

				Kategorie ***Rind***
Level	Portionen	Vorbereitungs zeit	Kochzeit	Gesamtzeit
Leicht	***2 Portionen***	***10 Minuten***	***10 Minuten***	***20 Minuten***

481 kcal | 29 g KH | 23 g EW | 13 g F

Zutaten für 2 Portionen

- 300 g Rindersteak, in Streifen
- ½ Paprika, rot, gewürfelt
- ½ Paprika, gelb, gewürfelt
- ½ Paprika, grün, gewürfelt
- 2 Knoblauchzehen, gehackt
- 2 EL Curry
- 1 EL Öl
- 100 g Erdnüsse geröstet, gehackt zum Garnieren
- ½ Zwiebel, gehackt
- 200 ml Kokosmilch

Zubereitung

1) Wok erhitzen. Geben Sie das Fleisch mit dem Öl, Knoblauch und den Zwiebeln hinein, braten Sie alles scharf an.
2) Heben Sie die Gewürze und das Gemüse unter und garen Sie alles fünf Minuten mit.
3) Mit der Kokosmilch ablöschen, die Mischung abschmecken, mit den Erdnüssen garnieren und servieren.

65. Rinder Wok mit Mie Nudeln

				Kategorie ***Rind***
Level	Portionen	Vorbereitungs zeit	Kochzeit	Gesamtzeit
Leicht	***4Portionen***	***10 Minuten***	***20 Minuten***	***30 Minuten***

712 kcal | 35 g KH | 26 g EW | 31 g F

Zutaten für 4 Portionen

- 1 Zwiebel, gehackt
- 5 g Ingwer, gehackt
- 1 Zucchini, in Stücken
- 1 EL Öl
- 2 TL Honig
- 1 TL Speisestärke
- 30 g Sojasoße
- 50 g Orangensaft, frisch
- ½ TL Chiliflocken
- Salz & Pfeffer
- 500 g Rinderfilet, in Streifen
- 125 ml Gemüsebrühe
- 50 g Balsamico-Essig
- 2 Pak Choi, in Streifen
- 250 g Mie Nudeln, gekocht
- 20 g Sesam Samen, geröstet zum Garnieren
- 2 Frühlingszwiebeln, in Ringen
- 2 Möhren, in Scheiben
- 1 Knoblauchzehe, gehackt

Zubereitung

1) Erhitzen Sie den Wok und braten Sie das Fleisch mit dem Öl scharf an, nehmen Sie das Fleisch heraus und halten es warm.
2) Geben Sie das Gemüse mit Balsamico, Orangensaft, Sojasoße, Honig und den Chiliflocken hinein. Braten Sie alles gut an.
3) Geben Sie die Nudeln sowie das Fleisch mit den restlichen Zutaten hinein und vier Minuten garen. Mit dem Sesam bestreuen und servieren.

66. Kartoffel Rinder Wok

Level	Portionen	Vorbereitungszeit	Kochzeit	Kategorie **_Rind_** Gesamtzeit
Leicht	**_2 Portionen_**	**_10 Minuten_**	**_10 Minuten_**	**_20 Minuten_**

780 kcal | 51 g KH | 23 g EW | 19 g F

Zutaten für 2 Portionen

- 1 Zwiebel, gehackt
- 1 Stange Zitronengras, gehackt
- 400 ml Kokosmilch, aus der Dose
- 350 g Rumpsteak, in Streifen
- 5 g Ingwer, gerieben
- 50 g Sojasprossen, frisch
- 2 Frühlingszwiebeln, in Ringen
- 1 TL Tamarindenpaste
- 1 Limettensaft, Schalenabrieb
- 2 EL Fischsoße
- 1 EL Palmzucker
- ½ Bund Koriander, gehackt zum Garnieren
- 1 Chili, gehackt
- 1 TL Yum-Paste
- 300 g Kartoffeln, gekocht, gewürfelt

Zubereitung

1) Vermischen Sie Tamarindenpaste, Limettenschale, Palmzucker, Yum-Paste sowie die Kokosmilch und kochen Sie alles auf.
2) Geben Sie alle Zutaten, bis auf den Koriander, dazu und lassen Sie die Mischung für 30 Minuten köcheln.
3) Danach nach Geschmack würzen.
4) Mit dem Koriander garnieren und servieren.

67. Auberginen Schweine Wok

				Kategorie ***Schwein***
Level	Portionen	Vorbereitungszeit	Kochzeit	Gesamtzeit
Mittel	***2 Portionen***	***30 Minuten***	***35 Minuten***	***65 Minuten***

651 kcal | 74 g KH | 25 g EW | 29 g F

Zutaten für 2 Portionen

- 2 Auberginen, in Stücken
- 400 g Schweinefleisch, in Stücken
- 2 TL Shaoxing Wein
- ¼ TL weißer Pfeffer
- 1 TL Salz
- 1 EL Sojasoße
- ½ TL Maisstärke
- 500 g Spaghetti, gegart
- ½ Paprika, rot, gewürfelt
- 1 EL Knoblauch, gehackt
- 1 Chili, gehackt
- 2 EL Austernsoße
- 500 ml Hühnerbrühe
- ½ Bund Koriander, gehackt, zum Garnieren

Zubereitung

1) Legen Sie die Aubergine in Wasser, bis diese bedeckt ist. Geben Sie einen Teelöffel Salz hinein und lassen Sie die Aubergine für 20 Minuten ziehen. Die Aubergine abwaschen und mit den Händen auspressen.
2) Vermischen Sie Wein, Sojasoße, Chili, Austernsoße und die Maisstärke mit dem Fleisch und lassen Sie dies ebenfalls durchziehen.
3) Erhitzen Sie den Wok, geben Sie das Fleisch hinein und braten Sie es scharf an.
4) Heben Sie das Gemüse unter und lassen es vier Minuten garen.
5) Würzen Sie die Mischung mit den restlichen Zutaten, mit Koriander bestreuen und sofort servieren.

68. Soba & Schwein Wok

				Kategorie ***Schwein***
Level	Portionen	Vorbereitungszeit	Kochzeit	Gesamtzeit
Leicht	***2 Portionen***	***10 Minuten***	***30 Minuten***	***40 Minuten***

616 kcal | 39 g KH | 57 g EW | 26 g F

Zutaten für 2 Portionen

- ½ Bund Koriander, gehackt, zum Garnieren
- 2 EL Reisessig
- 2 EL Öl
- 2 EL Sojasoße
- ½ Chili, gehackt
- Salz & Pfeffer
- 100 g Soba-Nudeln, gegart
- 2 Frühlingszwiebeln, in Ringenn
- 400 g Schweineschnitzel, in Streifen
- 2 EL Erdnüsse, gesalzen, gehackt zum Garnieren

Zubereitung

1) Erhitzen Sie das Öl im Wok und braten Sie das Fleisch mit der Chili darin an. Würzen Sie das Fleisch mit Salz und Pfeffer.
2) Geben Sie die Flüssigkeiten hinein und heben Sie das Gemüse unter.
3) Die Nudeln dazugeben und alles für drei Minuten schwenken.
4) Danach mit Erdnüssen und Koriander garnieren und servieren.

69. Kokos Schweine Wok

				Kategorie ***Schwein***
Level	Portionen	Vorbereitungszeit	Kochzeit	Gesamtzeit
Leicht	***4 Portionen***	***20 Minuten***	***20 Minuten***	***40 Minuten***

447 kcal | 63 g KH | 26 g EW | 9 g F

Zutaten für 4 Portionen

- 200 g Champignons, in Scheiben
- 40 g Frühlingszwiebeln, in Ringen
- 100 g Mungobohnen-Keimlinge
- 2EL Öl
- 2 Paprika, gelb, in Würfel
- 300 g Schweinefilet, in Würfel
- 165 ml Kokosmilch
- 150 ml Wasser
- 1 Beutel Maggi Fix Puten-Paprika mit Frischkäse
- ½ Limettensaft
- 250 g Reis, gekocht

Zubereitung

1) Das Öl in den heißen Wok geben und das Fleisch darin scharf anbraten. Das Fleisch herausnehmen und warmhalten.
2) Das Gemüse hineingeben und für acht Minuten garen.
3) Kokosmilch und Wasser mit dem Maggi-Beutel einrühren. Das Fleisch unterheben und alles gut vermischen.
4) Mit den Gewürzen versehen und abschmecken.
5) Mit dem Reis servieren.

70. Scharfes Schwein

				Kategorie ***Schwein***
Level	Portionen	Vorbereitungszeit	Kochzeit	Gesamtzeit
Mittel	***4 Portionen***	***10 Minuten***	***20 Minuten***	***30 Minuten***

455 kcal | 15 g KH | 32 g EW | 26 g F

Zutaten für 4 Portionen

- 600 g Schweinenacken, in Stücken
- 2 Zwiebeln, grob gehackt
- 3 Knoblauchzehen, gehackt
- 1 Dose Ananas, in Stücken
- 2 TL Sambal Oelek
- 1 EL Öl
- 1 TL Zitronengras
- ½ Chili, gehackt
- 8 g Ingwer, gehackt
- 400 ml Tomaten, passiert
- 2 TL Sichuan-Pfeffer

Zubereitung

1) Den Wok erhitzen und das Fleisch mit dem Öl darin anbraten. Das Fleisch etwas an den Rand schieben und die anderen Zutaten, bis auf die Tomaten, hinzufügen.
2) Alles würzen und gut vermischen, die Tomaten einrühren und etwas eindicken lassen.
3) Abschmecken und servieren.

71. Süß-Sauer Schwein

				Kategorie ***Schwein***
Level	Portionen	Vorbereitungszeit	Kochzeit	Gesamtzeit
Leicht	***4 Portionen***	***40 Minuten***	***20 Minuten***	***60 Minuten***

550 kcal | 83 g KH | 31 g EW | 10 g F

Zutaten für 4 Portionen

- 500 g Möhren, in Scheiben
- 1 Bund Koriander, gehackt zum Garnieren
- ½ Chili, in Ringen, zum Garnieren
- 3 Paprika, rot, gewürfelt
- 1 Eiweiß
- 5 EL Sojasoße
- Salz & Pfeffer
- 1 Dose Ananas, in Stücken
- 1 Bund, Lauchzwiebeln, in Ringen
- 3 EL Thai Chilisoße
- 3 EL Weißwein-Essig
- 3 EL Zucker, braun
- 3 EL Wok Öl
- 200 g Basmatireis, gekocht
- 35 g Speisestärke
- 5 EL Sojasoße, hell
- 400 g Schweineschnitzel, in Streifen

Zubereitung

1) Vermischen Sie das Eiweiß mit zwei Esslöffel Sojasoße und einem Teelöffel Salz, heben Sie die Speisestärke unter. Vermengen Sie alles mit dem Fleisch, lassen Sie die Mischung für 30 Minuten ruhen.
2) Danach den Wok erhitzen, Fleisch hineingeben, scharf anbraten und dann das Gemüse dazugeben.
3) Alles würzen und abschmecken, für weitere fünf Minuten garen.
4) Mit dem Koriander sowie der Chili garnieren und servieren. Den Reis dazu reichen.

72. Sprossen & Pilz Wok

				Kategorie ***Schwein***
Level	Portionen	Vorbereitungs zeit	Kochzeit	Gesamtzeit
Leicht	***1 Portionen***	***10 Minuten***	***20 Minuten***	***30 Minuten***

471 kcal | 62 g KH | 40 g EW | 7 g F

Zutaten für 1 Portion

- 500 g Schweinefilet, in Stücken
- 2 TL Honig
- 5 EL Brühe
- 4 EL Sojasoße
- 2 EL Essig
- 1 Schalotte, gehackt
- 2 TL Sesamöl
- 150 ml Brühe
- 2 TL Zitronensaft
- ¼ TL Currypaste, rot
- 300 g Mie Nudeln, gekocht
- 200 g Mungobohnen-Sprossen
- 200 g Shiitakepilze, eingeweicht

Zubereitung

1) Die Sojasoße mit Honig, Gemüsebrühe, Essig sowie der Currypaste vermischen und das Fleisch darin für 30 Minuten einlegen.
2) Erhitzen Sie den Wok, geben Sie das Fleisch mit dem Öl, den Schalotten und den Shiitakepilzen hinein und braten Sie alles gut an.
3) Heben Sie die restlichen Zutaten unter und lassen Sie alles für fünf Minuten garen.
4) Abschmecken und servieren.

73. Wok Filet

				Kategorie ***Schwein***
Level	Portionen	Vorbereitungszeit	Kochzeit	Gesamtzeit
Leicht	***4 Portionen***	***10 Minuten***	***15Minuten***	***25 Minuten***

495 kcal | 35 g KH | 19 g EW | 17 g F

Zutaten für 4 Portionen

- 3 EL Sojasoße
- 2 EL Sake
- 3 cm Ingwer, gehackt
- 2 Knoblauchzehen, gehackt
- 400 g Schweinefilet, in Streifen
- Öl
- 1 EL Maisstärke
- 1 Paprika, rot, in Würfel
- 150 g Karotten, in Stiften
- 10 g Mu-Err-Pilze, eingeweicht
- 150 g Champignon, in Scheiben
- 150 ml Hühnerbrühe
- 1 Bund Frühlingszwiebeln, in Ringen
- 1 Packung Bohnenkeimlinge
- 1 TL Maizena
- Salz & Pfeffer

Zubereitung

1) Vermischen Sie Sojasoße, Sake, Ingwer, Knoblauch und die Maisstärke. Geben Sie das Fleisch hinein und lassen Sie dieses für 30 Minuten ruhen.
2) Erhitzen Sie den Wok, braten Sie das Fleisch darin scharf an und schalten Sie die Hitze etwas herunter.
3) Fügen Sie das Gemüse sowie die Gewürze dazu und braten Sie alles zusammen für fünf Minuten.
4) Abschmecken und Servieren.

74. Gemischter Wok

Level	Portionen	Vorbereitungszeit	Kochzeit	Kategorie **Schwein** / Gesamtzeit
Leicht	***4 Portionen***	***10 Minuten***	***20 Minuten***	***30 Minuten***

513 kcal | 3,4 g KH | 12,6 g EW | 6,2 g F

Zutaten für 4 Portionen

- 2 Spitzpaprika, gewürfelt
- 1 Zucchini, in Stücken
- 2 Karotten, in Scheiben
- 2 EL Öl zum Braten
- 2 EL Kokosöl für die Marinade
- ¼ TL Natron
- 3 TL Currypaste, rot
- 400 ml Kokosmilch
- 800 g Schweinefilet, in Stücken

Zubereitung

1) Vermischen Sie das Fleisch mit dem Kokosöl, der Currypaste und dem Natron und lassen sie es für 30 Minuten ruhen.
2) Erhitzen Sie ihren Wok, braten Sie das Fleisch mit der Marinade im Öl an.
3) Fügen Sie das Gemüse dazu, lassen Sie dies zusammen mit dem Fleisch für vier Minuten garen.
4) Geben Sie die Kokosmilch dazu und lassen den Wok auf leichter Hitze weitere fünf Minuten köcheln.
5) Umrühren, abschmecken und servieren.

75. Cashew Schwein

				Kategorie ***Schwein***
Level	Portionen	Vorbereitungs zeit	Kochzeit	Gesamtzeit
Leicht	***6 Portionen***	***40 Minuten***	***30 Minuten***	***70 Minuten***

745 kcal | 52 g KH | 18 g EW | 23 g F

Zutaten für 6 Portionen

- 12 Stangen grüner Spargel, in Stücken
- 500 g Schweinefilet, in Stücken
- 150 g Cashewkerne, gesalzen, gehackt
- 6 Kartoffeln, in Würfel, gegart
- 1 Paprika, rot, gewürfelt
- 1 Zwiebel, gehackt
- 2 EL Maisstärke
- 4 EL Ananassaft
- 6 EL Sojasoße
- 2 TL Sesamöl
- 1 TL Sriracha-Soße
- 2 EL Reisessig
- 5 g Ingwer, gerieben
- 4 El BBQ-Soße
- 2 EL brauner Zucker
- 3 Knoblauchzehen, gepresst

Zubereitung

1) Vermischen Sie die Säfte und Soßen mit der Maisstärke, Knoblauch, Zucker, Zwiebel und Ingwer. Reiben Sie damit das Fleisch ein.
2) Erhitzen Sie den Wok und geben Sie das Sesamöl mit dem Gemüse hinein. Braten Sie dieses scharf an und nehmen es wieder heraus.
3) Nun das Fleisch ohne die Marinade hineingeben und von allen Seiten scharf anbraten.
4) Danach die Marinade dazugeben und für zehn bis fünfzehn Minuten garen lassen.
5) Das Gemüse dazugeben und alles für weitere drei bis vier Minuten köcheln en, abschmecken und servieren.

76. Rabbit Wok

				Kategorie ***Wild***
Level	Portionen	Vorbereitungs zeit	Kochzeit	Gesamtzeit
Leicht	***4 Portionen***	***15 Minuten***	***15 Minuten***	***30 Minuten***

380 kcal | 37 g KH | 36 g EW | 10 g F

Zutaten für 4 Portionen

- 1 Chili, gehackt
- 3 EL Teriyakisoße
- 150 g Shiitakepilze, eingeweicht
- 150 g Mie Nudeln, gekocht
- 3 EL Erdnussöl
- 150 g Spinat, frisch
- 500 g Kaninchenfilet, in Streifen
- 2 Knoblauchzehe, gehackt

Zubereitung

1) Geben Sie das Öl sowie die Knoblauchzehe und die Teriyaki-Soße zu dem Kaninchenfleisch, lassen Sie dieses für 10 Minuten ruhen.
2) Erhitzen Sie den Wok und braten Sie das Fleisch, die Pilze und den Chili darin für vier Minuten an.
3) Geben Sie die anderen Zutaten dazu und lassen Sie die Mischung solange garen, bis der Spinat zusammengefallen ist. Würzen und frisch servieren.

77. Hirsch Wok

				Kategorie ***Wild***
Level	Portionen	Vorbereitungszeit	Kochzeit	Gesamtzeit
Leicht	***4 Portionen***	***15 Minuten***	***30 Minuten***	***45 Minuten***

455 kcal | 15 g KH | 32 g EW | 26 g F

Zutaten für 4 Portionen

- 400 g Hirschkeulen, in Scheiben
- 1 Bund Frühlingszwiebeln, in Ringen
- 100 g Spinat, frisch
- 200 g Pak Choi, in Streifen
- 6 EL Öl
- 200 g Shiitakepilze, eingeweicht
- 100 g Auberginen, Scheiben
- 250 g Soba-Nudeln, gekocht
- 200 g Weißkraut, in Streifen
- 200 g Brokkoli, in Röschen
- 2 cm Ingwer, gehackt
- 100 ml Sojasoße
- 1 EL Austernsoße
- 2 EL Sesamöl
- 1 TL Zucker
- 1 Knoblauchzehe, gerieben
- 1 Prise Pfeffer

Zubereitung

1) Sesamöl, Zucker, Knoblauch, Pfeffer, 100 ml Sojasoße, Austernsoße, Ingwer mit dem Fleisch und den Auberginenscheiben vermischen, alles für 20 Minuten im Kühlschrank ruhen lassen.
2) Fleisch und Auberginen in ein Sieb geben, Marinade auffangen.
3) Wok erhitzen. Fleisch vier bis fünf Minuten scharf anbraten. Das Gemüse dazugeben, ebenfalls scharf anbraten.
4) Nun die Marinade darüber geben und alles einmal durchmischen.
5) Das Fleisch auf den Auberginenscheiben, Gemüse und Nudeln daneben anrichten.

78. Reh Wok

				Kategorie ***Wild***
Level	Portionen	Vorbereitungszeit	Kochzeit	Gesamtzeit
Mittel	***4 Portionen***	***10 Minuten***	***15 Minuten***	***25 Minuten***

311 kcal | 24 g KH | 18 g EW |11 g F

Zutaten für 4 Portionen

- 100 g Champignons, in Scheiben
- Salz & Pfeffer
- 1 EL Sojasoße
- 1 EL Austernsoße
- 2 EL Brühe
- 60 g asiatischer Schnittlauch, in Ringen, zum Garnieren
- 30 g Thai-Basilikum, gehackt, zum Garnieren
- 30 g Koriander, gehackt, zum Garnieren
- 2 Pak Choi, in Streifen
- 1 Zwiebel, gehackt
- 1 Paprika, rot, gewürfelt
- 2 Chili, gehackt
- 3 Knoblauchzehen, gehackt
- 1 TL Sesamöl
- 1 EL Speisestärke
- 300 g Rehfleisch, in Stücken
- 6 g Ingwer, gehackt

Zubereitung

1) Geben Sie das Öl in den heißen Wok, braten Sie das Reh für drei Minuten an. Schieben Sie es danach etwas an den Rand.
2) Nun die Zutaten wie folgt hinzufügen: Ingwer, Knoblauch, Chili, Paprika, Pilze, Pak Choi.
3) Alles vermischen und gut anbraten, die Gewürze und Soßen unterrühren.
4) Alles abschmecken und mit den Kräutern garniert servieren.

79. Würstchen Wok

				Kategorie ***Fleisch***
Level	Portionen	Vorbereitungszeit	Kochzeit	Gesamtzeit
Leicht	***4 Portionen***	***10 Minuten***	***15 Minuten***	***25 Minuten***

220 kcal | 7 g KH | 8 g EW | 18 g F

Zutaten für 4 Portionen

- 170 g Bambussprossen
- 1 Bund Lauchzwiebel, in Ringen
- 100 ml Soße, süß-sauer
- 2 EL Öl
- Pfeffer & Salz
- 2 Paprika, rot, gewürfelt
- 180 g Wiener Würstchen, in Stücken

Zubereitung

1) Erhitzen Sie den Wok und geben Sie das Öl hinein.
2) Braten Sie die Bambussprossen mit der Paprika scharf an und schieben Sie diese an die Außenwand.
3) Geben Sie die Würstchen in die Mitte und braten Sie diese ebenfalls kurz an.
4) Nun Soße und Lauchzwiebeln dazugeben, alles für acht Minuten köcheln lassen. Abschmecken und servieren.

Vegetarisch

80. Brokkoli Wok

				Kategorie ***Vegetarisch***
Level	Portionen	Vorbereitungszeit	Kochzeit	Gesamtzeit
Leicht	***4 Portionen***	***10 Minuten***	***20 Minuten***	***30 Minuten***

149 kcal | 4 g KH | 3 g EW | 13 g F

Zutaten für 4 Portionen

- 2 Packungen Bimi
- 1 Schalotte, gehackt
- 15 g Ingwer, gehackt
- 1 Knoblauchzehe, gehackt
- 1 Chili, gehackt
- 180 g Mie-Nudeln, gegart
- Salz & Pfeffer
- 1 TL Limettensaft
- 5 EL Teriyaki-Soße
- 1 EL Sesamsamen, geröstet zum Garnieren
- 3 EL ÖL

Zubereitung

1) Erhitzen Sie das Öl in ihrem Wok.
2) Braten Sie den Ingwer, Schalotten und die Chili darin an.
3) Geben Sie etwas Wasser hinein und vermischen Sie dieses gut, heben Sie die Bimi unter und braten Sie alles für 4 Minuten an.
4) Danach die Nudeln unterheben und mit der Soße vermischen.
5) Zusammen mit den Sesamsamen servieren.

81. Auberginen Wok

				Kategorie ***Vegetarisch***
Level	Portionen	Vorbereitungszeit	Kochzeit	Gesamtzeit
Leicht	***4 Portionen***	***25 Minuten***	***20 Minuten***	***45 Minuten***

240 kcal | 12 g KH | 9 g EW | 17 g F

Zutaten für 4 Portionen

- 2 EL Öl
- 250 g Eier-Auberginen, in Stücken
- Salz
- 125 g Maiskolben, klein, frisch
- 1 EL Weißweinessig
- 1 Staude Pak Choi, in Stücken
- 4 EL Sojasoße
- 200 ml Hühnerfond
- 1 TL Sambal Oelek
- 75 g Cashewkerne, zum Garnieren
- ½ Bund Basilikum, zum Garnieren
- 200 g Okraschoten
- 150 g Shiitakepilze, eingeweicht
- 2 Knoblauchzehen, gehackt

Zubereitung

1) Salzen Sie etwas Wasser und geben Sie die Auberginen für 20 Minuten hinein, dann abwaschen und mit den Händen ausdrücken.
2) Vermischen Sie den Hühnerfond, Sambal Oelek und den Knoblauch.
3) Erhitzen Sie das Öl im Wok und braten Sie die Auberginen darin scharf an. Geben Sie die Pilze dazu.
4) Braten Sie auch den Mais und die Okraschoten mit an, löschen Sie alles mit der Hühnerbrühe und lassen Sie die Mischung für fünf Minuten köcheln.
5) Danach mit dem Basilikum und den Cashewkernen servieren.

82. Kürbis Wok

				Kategorie ***Vegetarisch***
Level	Portionen	Vorbereitungszeit	Kochzeit	Gesamtzeit
Leicht	***4 Portionen***	***20 Minuten***	***20 Minuten***	***40 Minuten***

570 kcal | 96 g KH | 14 g EW | 14 g F

Zutaten für 4 Portionen

- 250 g Mie Nudeln, gekocht
- 200 ml Chilisoße
- 350 g Hokkaido-Kürbis, in Würfel
- 250 g Shiitakepilze, eingeweicht
- 250 g Rosenkohl, halbiert
- 600 g Weißkohl, in Streifen
- 1 Bund Lauchzwiebeln, in Ringen
- 2 EL Sesamsaat, geröstet zum Garnieren
- 125 ml Sojasoße, hell
- 4 EL Öl

Zubereitung

1) Das Öl in einem Wok erhitzen.
2) Geben Sie den Weißkohl hinein und braten Sie diesen für 5 Minuten an, herausnehmen und warmhalten.
3) Nun geben Sie den Kürbis und den Rosenkohl hinein, braten Sie beides für 6 Minuten an. Die Lauchzwiebeln und Pilze unterheben und 3 Minuten mit anbraten.
4) Danach die restlichen Zutaten unterheben und würzen.
5) Abschmecken und mit Sesam garnieren und servieren.

83. Süßkartoffel Wok

				Kategorie *Vegetarisch*
Level	Portionen	Vorbereitungszeit	Kochzeit	Gesamtzeit
Leicht	***4 Portionen***	***20 Minuten***	***20 Minuten***	***20 Minuten***

570 kcal | 58 g KH | 12 g EW | 18 g F

Zutaten für 4 Portionen

- 1 Zwiebel, gehackt
- 1 EL Öl
- 1 Dose Kokosmilch
- 1 Dose gehackte Tomaten
- 100 g Cashewkerne
- 1 Süßkartoffel, gewürfelt,
- 2 TL Currypaste, gelb
- 500 g Wok Gemüse

Zubereitung

1) Erhitzen Sie den Wok mit dem Öl und braten Sie darin die Süßkartoffel an, bis diese leicht geröstet ist.
2) Geben Sie die Zwiebel und die Currypaste dazu, rösten Sie beides kurz zusammen an.
3) Geben Sie die Tomaten hinein und rühren Sie diese unter.
4) Die Mischung 5 Minuten köcheln lassen, das Wok Gemüse hinzugeben und nochmals 5 Minuten köcheln lassen.
5) Die Kokosmilch dazugeben und kurz andicken lassen.
6) Die Cashewkerne in einer anderen Pfanne ohne Öl anrösten und zusammen mit der Wok Mischung servieren.

84. Tofu Wok

Level	Portionen	Vorbereitungs zeit	Kochzeit	Kategorie **Vegetarisch** Gesamtzeit
Leicht	***4 Portionen***	***10 Minuten***	***30 Minuten***	***30 Minuten***

470 kcal | 46 g KH | 25 g EW | 19 g F

Zutaten für 4 Portionen

- 6 EL Sojasoße
- 1 EI
- 4 EL Erdnussöl
- 200 g Möhren, in Stiften
- 400 g Pak Choi, in Spalten
- 1 EL Sesamsamen, geröstet zum Garnieren
- 400 g Tofu, in Stücken
- Salz & Pfeffer
- 200 g Langkornreis, gekocht

Zubereitung

1) Geben Sie die Sojasoße über den Tofu und lassen Sie diesen kurz marinieren.
2) Erhitzen Sie den Wok und geben Sie das Öl hinein.
3) Nehmen Sie das Ei und verquirlen Sie dieses mit Salz und Pfeffer, tauchen Sie den Tofu hinein und geben ihn in den heißen Wok.
4) Braten Sie den Tofu von allen Seiten scharf an und geben Sie das Gemüse dazu.
5) Die Mischung kurz köcheln lassen und mit Sojasoße abschmecken.
6) Mit dem Sesam bestreuen und servieren.

85. Nicht mehr vorhanden / Ersatzrezept

				Kategorie ***Vegetarisch***
Level	Portionen	Vorbereitungszeit	Kochzeit	Gesamtzeit
Leicht	***6 Portionen***	***10 Minuten***	***30 Minuten***	***40 Minuten***

723 kcal | 34 g KH | 12 g EW | 18 g F

Zutaten für 6 Portionen

- 1 Zwiebel, gehackt
- 1 Dose Ananas, in Stücken
- 4 EL Ananas-Saft
- 3 EL Öl
- 200 g Tofu, in Würfel
- Salz & Pfeffer
- 200 g Erbsen, TK
- 100 g Zuckerschoten
- 2 Möhren, in Stiften
- 2 Paprika, rot, gewürfelt
- 1 Dose Kokosmilch
- 1 Bund Frühlingszwiebeln, in Ringen
- 15 g Ingwer, gerieben
- 1 Karotte, in Scheiben
- 1 TL Currypaste, gelb
- 250 ml Kokosmilch, aus der Dose
- 2 EL Limettensaft

Zubereitung

1) Erhitzen Sie den Wok und geben Sie das Öl mit der Currypaste hinein.
2) Fügen Sie den Tofu hinzu und braten Sie ihn stark an. Anschließend an den Rand schieben und in der Mitte des Wok das Gemüse anbraten.
3) Heben Sie die Gewürze unter und geben Sie Ananassaft und Kokosmilch hinzu.
4) Alles für fünf Minuten köcheln lassen und mit den Frühlingszwiebeln bestreut servieren.

86. Wok Pfanne

				Kategorie ***Vegetarisch***
Level	Portionen	Vorbereitungszeit	Kochzeit	Gesamtzeit
Leicht	***4 Portionen***	***10 Minuten***	***10 Minuten***	***20 Minuten***

535 kcal | 59 g KH | 16 g EW | 24 g F

Zutaten für 4 Portionen

- 2 Möhren, in Scheiben
- 2 Paprika, rot, gewürfelt
- 1 Bund Lauchzwiebeln, in Ringen
- 10 Cherrytomaten, halbiert
- 250 g Wok Nudeln, gegart
- 250 ml Kokosmilch
- 3 EL Sojasoße
- 1 TL Currrypaste, rot,
- 350 g Mungobohnen-Keimlinge, aus dem Glas, abgetropft

Zubereitung

1) Erhitzen Sie den Wok und geben Sie das Öl mit den Möhren hinein, braten Sie diese gut an.
2) Paprika, Lauch und Currypaste dazugeben.
3) Alles gut vermischen und mit der Kokosmilch ablöschen.
4) Die Nudeln sowie die Mongubohnen-Keimlinge hinzufügen und alles für vier Minuten köcheln lassen.
5) Abschmecken und servieren.

87. Udon Wok

				Kategorie ***Vegetarisch***
Level	Portionen	Vorbereitungszeit	Kochzeit	Gesamtzeit
Leicht	***1 Portion***	***20 Minuten***	***10 Minuten***	***30 Minuten***

612 kcal | 52 g KH | 21 g EW | 18 g F

Zutaten für 1 Portion

- 2 EL Erdnussöl
- 1 Chili, gehackt
- 2 Knoblauchzehen, gehackt
- 1 Möhre, in Scheiben
- 1 Brokkoli, in Röschen
- 80 g Champignons, in Scheiben
- 2 Frühlingszwiebeln, in Ringen
- 1 EL Sesamsamen, geröstet zum Bestreuen
- 400 g Udon-Nudeln, gegart
- 5 EL Sojasoße, hell
- 1 EL Chili-Öl
- 3 TL Puderzucker
- 1 TL Sesamöl
- 3 EL Chinesischer Essig, schwarz

Zubereitung

1) Verrühren Sie Sojasoße, Puderzucker, Sesamöl, Essig und Chili-Öl zu einer Soße.
2) Den Wok mit dem Erdnussöl erhitzen, Knoblauch und Chili darin anbraten. Ingwer und Champignons dazugeben und ebenfalls anbraten.
3) Die Nudeln untermischen, Soße darüber geben, die Soße karamellisieren lassen und die Mischung mit dem Sesam bestreuen.
4) Abschmecken und servieren.

88. Eier Reis Wok

				Kategorie ***Vegetarisch***
Level	Portionen	Vorbereitungszeit	Kochzeit	Gesamtzeit
Mittel	***3 Portionen***	***10 Minuten***	***20 Minuten***	***30 Minuten***

465 kcal | 53 g KH | 23 g EW | 13 g F

Zutaten für 3 Portionen

- 150 g Langkornreis, gekocht
- 3 Eier, verquirlt
- 2 EL Sesamöl
- 100 g Cashewkerne, gehackt und geröstet
- 600 g Wok Gemüse, TK
- 5 EL Sojasoße

Zubereitung

1) Vermischen Sie die Eier mit zwei Esslöffel Sojasoße.
2) Erhitzen Sie den Wok und geben Sie das Sesamöl hinein.
3) Geben Sie das Ei hinein und braten Sie es zu einer Art Rührei.
4) Das Gemüse unterheben und mit anbraten.
5) Den Reis hineingeben und zusammen für drei Minuten mitbraten.
6) Die Cashewkerne darüber geben und zusammen servieren.

89. Grünes Curry

				Kategorie *Vegetarisch*
Level	Portionen	Vorbereitungszeit	Kochzeit	Gesamtzeit
Leicht	***4 Portionen***	***30 Minuten***	***20 Minuten***	***50 Minuten***

280 kcal | 25 g KH | 5 g EW | 17 g F

Zutaten für 4 Portionen

- 2 Zwiebel, gehackt
- 100 g Kartoffeln, in kleinen Würfeln
- 150 g Wirz
- 250 ml Kokosmilch
- 300 ml Gemüsebrühe
- 2 EL Erdnussöl
- 2 EL Currypaste, grün
- 6 Kiwis, in Würfeln
- 2 EL Sojasoße
- ½ Bund Koriander, zum Garnieren

Zubereitung

1) Erhitzen Sie den Wok, geben Sie das Öl sowie die Kartoffeln, Zwiebel und die Currypaste hinein. Braten Sie die Kartoffeln knusprig.
2) Füllen Sie die Brühe und die Kokosmilch hinzu und lassen Sie die Mischung für 15 Minuten köcheln.
3) Wirz dazugeben und weitere fünf Minuten köcheln lassen.
4) Die Kiwis unterheben, alles mit dem Koriander bestreuen und sofort servieren.

90. Lauch Wok

				Kategorie ***Vegetarisch***
Level	Portionen	Vorbereitungszeit	Kochzeit	Gesamtzeit
Leicht	***2 Portionen***	***10 Minuten***	***10 Minuten***	***20 Minuten***

737 kcal | 51 g KH | 18 g EW | 15,2 g F

Zutaten für 2 Portionen

- 1 Brokkoli, in Röschen
- 4 Lauchzwiebeln, in Ringen
- 2 Karotten, in Scheiben
- Salz & Pfeffer
- 2 EL Sesamöl
- 2 EL Sojasoße
- 200 ml Brühe
- 250 g Reis, gekocht

Zubereitung

1) Den Wok erhitzen und das Öl hineingeben.
2) Gemüse hinzufügen und scharf anbraten an.
3) Nun mit der Brühe ablöschen und für zehn Minuten köcheln lassen.
4) Den Reis unterheben und alles würzen.
5) Frisch servieren.

91. Mungo Wok

				Kategorie ***Vegetarisch***
Level	Portionen	Vorbereitungszeit	Kochzeit	Gesamtzeit
Leicht	***4 Portionen***	***10 Minuten***	***20 Minuten***	***30 Minuten***

680 kcal | 83 g KH | 24 g EW | 26 g F

Zutaten für 4 Portionen

- 300 g Reisnudeln, gekocht
- 6 Frühlingszwiebeln, in Ringen
- 4 Limetten, ausgepresst
- 4 EL Erdnussöl
- 6 Eier
- 8 EL Sojasoße
- 6 EL Austernsoße
- 2 EL Rohrzucker
- 60 g Erdnüsse, gesalzen
- 2 Peperoncini, gehackt
- 150 g Mungobohnen-Sprossen, aus dem Glas, abgetropft

Zubereitung

1) Erhitzen Sie den Wok und geben Sie etwas Öl hinein. Braten Sie ein verquirltes Ei mit den Mungobohnen, den Peperoncini und den Frühlingszwiebeln an.
2) Geben Sie die Soßen sowie den Zucker darüber und lassen Sie die Mischung karamellisieren.
3) Geben Sie den Reis sowie die Erdnüsse dazu.
4) Erhitzen Sie eine zweite Pfanne und braten Sie aus den restlichen Eiern Rühreier.
5) Beides zusammen servieren.

92. Mandel Wok

				Kategorie ***Vegetarisch***
Level	Portionen	Vorbereitungszeit	Kochzeit	Gesamtzeit
Leicht	***2 Portionen***	***15 Minuten***	***20 Minuten***	***35 Minuten***

511 kcal | 59 g KH |19 g EW | 16 g F

Zutaten für 2 Portionen

- 150 g Bandnudeln, Vollkorn, gekocht
- 1 TL Salz
- 2 EL Rosmarin
- 3 Frühlingszwiebeln, in Ringen
- 100 g Feta, in Würfeln
- 40 g Mandeln, gehackt, geröstet
- 1 EL Öl
- 600 g grüne Bohnen
- ½ Zitronensaft

Zubereitung

1) Geben Sie das Öl in den heißen Wok und braten Sie Bohnen und Rosmarin an.
2) Würzen Sie die Bohnen und lassen Sie diese für 15 Minuten köcheln.
3) Heben Sie, bis auf den Feta, die anderen Zutaten unter und braten Sie sie mit an.
4) Geben Sie den Feta kurz hinzu, rühren nochmals alles gut durch und servieren es frisch.

93. Kokos Wok

				Kategorie ***Vegetarisch***
Level	Portionen	Vorbereitungszeit	Kochzeit	Gesamtzeit
Leicht	***2 Portionen***	***15 Minuten***	***30 Minuten***	***35 Minuten***

312 kcal | 57 g KH | 19 g EW | 17,4 g F

Zutaten für 2 Portionen

- 8 Champignons, in Scheiben
- 2 Karotten, in Scheiben
- 1 Bund Frühlings-zwiebeln, in Ringen
- 5 g Ingwer, gerieben
- ½ Dose Kokosmilch
- 2 EL Öl
- 2 Paprika, rot, gewürfelt
- 2 EL Tomatenmark
- 3 Knoblauchzehen, gehackt
- 100 ml Gemüsebrühe
- 1 TL Currypaste, rot
- 1 TL Kurkuma, gerieben
- 1 TL Chiliflocken
- 1 EL Reisweinessig
- 1 TL Sojasoße
- 160 g Reis, gekocht

Zubereitung

1) Das Öl in einem heißen Wok verteilen. Ingwer, Knoblauch und die Frühlingszwiebeln kurz darin anbraten.
2) Karotten unterheben und die Paprika mit der Currypaste, Tomatenmark untermischen. Würzen.
3) Nun die Champignons unterheben und ebenfalls mit anbraten.
4) Die Kokosmilch einrühren und alles für fünf Minuten köcheln lassen.
5) Abschmecken und mit dem Reis servieren.

94. Blitz Wok

				Kategorie ***Vegetarisch***
Level	Portionen	Vorbereitungs zeit	Kochzeit	Gesamtzeit
Leicht	***1 Portionen***	***5 Minuten***	***10 Minuten***	***15 Minuten***

412 kcal | 36 g KH | 12 g EW | 6 g F

Zutaten für 1 Portion

- 2 EL Öl
- 1 TL Sojasoße
- 60 g Reis, gekocht
- 200 g Sojasprossen
- 2 Eier, verquirlt
- 1 Zwiebel, gehackt
- Salz & Pfeffer

Zubereitung

1) Den Wok erhitzen und das Öl hineingeben.
2) Die Zwiebel mit dem Reis anbraten und mit der Sojasoße würzen.
3) Die Sojasprossen hinzufügen und ebenfalls kurz mit anbraten.
4) Dann das Ei darüber geben und solange rühren, bis das Ei den Reis umhüllt und der Reis gar ist.
5) Frisch servieren.

95. Spinat Curry

				Kategorie ***Vegetarisch***
Level	Portionen	Vorbereitungs zeit	Kochzeit	Gesamtzeit
Leicht	***2 Portionen***	***10 Minuten***	***20 Minuten***	***30 Minuten***

634 kcal | 32 g KH | 18 g EW | 7 g F

Zutaten für 2 Portionen

- 1 Zwiebel, gehackt
- ½ TL Pfeffer
- 1 Glas Kichererbsen, abgetropft
- 1 EL Currypulver
- 150 g Basmatireis, gekocht
- 3 EL Hefeflocken
- 200 g Spinat, frisch
- 200 ml Kokosmilch
- 1 EL Öl
- 1 TL Salz

Zubereitung

1) Geben Sie das Öl in den heißen Wok und braten Sie die Zwiebel darin an. Geben Sie die Kichererbsen sowie das Curry dazu und vermischen Sie es gut, lassen Sie es fünf Minuten köcheln.
2) Geben Sie den Spinat sowie die Kokosmilch und die Gewürze unter. Lassen Sie die Mischung zehn Minuten lang, leicht köcheln.
3) Rühren Sie die Hefeflocken ein.
4) Umrühren und abschmecken, mit dem Reis servieren.

96. Sherry Wok

				Kategorie ***Vegetarisch***
Level	Portionen	Vorbereitungszeit	Kochzeit	Gesamtzeit
Leicht	***2 Portionen***	***5 Minuten***	***10 Minuten***	***15 Minuten***

69 kcal | 17 g KH | 7 g EW | 6,8 g F

Zutaten für 2 Portionen

- 60 ml Brühe
- 1 Chili, gehackt
- 1 TL Sesamöl
- 4 Knoblauchzehen, gehackt
- 1 TL Zucker, braun
- 2 EL Austernsoße
- 1 EL Sherry Wein
- 100 g Spinat, frisch

Zubereitung

1) Vermischen Sie die Austernsoße mit dem Sherry, der Brühe und dem Zucker.
2) Stellen Sie den Wok auf den Herd und erhitzen Sie ihn. Brühe hineingeben und aufkochen lassen.
3) Füllen Sie die anderen Zutaten hinein und rühren Sie alles gut durch.
4) Lassen Sie die Mischung vier Minuten lang kochen.
5) Abschmecken und servieren.

97. Curry Wok

				Kategorie ***Vegetarisch***
Level	Portionen	Vorbereitungszeit	Kochzeit	Gesamtzeit
Leicht	***4 Portionen***	***10 Minuten***	***30 Minuten***	***40 Minuten***

612 kcal | 45 g KH | 12 g EW | 13,4 g F

Zutaten für 4 Portionen

- 400 g Kichererbsen, aus der Dose, abgetropft
- 2 Knoblauchzehen, gehackt
- 1 EL Öl
- ½ TL Zitronengraspulver
- 1 TL Meersalz
- ½ TL Kümmel, gemahlen
- 1 EL Mehl
- 100 ml Gemüsebrühe
- 200 ml Kokosmilch
- 120 g Basmatireis, gekocht
- 150 g Spinat, frisch
- ½ Bund Petersilie, gehackt zum Garnieren
- 1 Paprika, rot, gehackt
- 2 TL Curry
- 8 g Ingwer, gehackt
- 1 TL Chili, gehackt
- 1 EL Tomatenmark
- 1 Zwiebel, gehackt
- 1 EL Limettensaft

Zubereitung

1) Erhitzen Sie das Öl in ihrem Wok.
2) Braten Sie die Zwiebeln darin an, dann die Kichererbsen dazugeben und beides vermischen.
3) Geben Sie die Brühe die Kokosmilch, die Gewürze sowie Tomatenmark, Chili, Ingwer, Knoblauch und Mehl hinein.
4) Vermischen Sie alles gut und lassen es für 15 Minuten köcheln.
5) Den Spinat mit den anderen Zutaten unterheben.
6) Abschmecken und mit Reis sowie Petersilie servieren.

98. Paprika Curry

				Kategorie *Vegetarisch*
Level	Portionen	Vorbereitungszeit	Kochzeit	Gesamtzeit
Leicht	***4 Portionen***	***10 Minuten***	***15 Minuten***	***25 Minuten***

51 kcal | 7 g KH | 10 g EW | 4 g F

Zutaten für 4 Portionen

- 2 EL Öl
- ½ TL Ingwer, gemahlen
- 150 g Champignons, in Scheiben
- ½ TL Zucker
- ¼ TL Salz
- 200 g Sprossenmix
- 200 Mungobohnen-Sprossen
- 1 Bund Frühlings-zwiebeln, in Ringen
- 2 EL Sojasoße
- 2 EL Balsamicoessig
- 1 TL Currypulver
- 1 Paprika, gelb, gewürfelt
- 1 Paprika, rot, gewürfelt

Zubereitung

1) Erhitzen Sie den Wok, geben Sie das Öl hinein und braten Sie das gesamte Gemüse darin scharf an, danach noch vier Minuten weiterbraten lassen.
2) Würzen Sie alles und schmecken Sie es gut ab.
3) Heben Sie die Sprossen unter und lassen Sie alles für fünf Minuten ruhen.
4) Erneut umrühren und servieren.

99. Fisch Curry

				Kategorie ***Vegetarisch***
Level	Portionen	Vorbereitungszeit	Kochzeit	Gesamtzeit
Leicht	***4 Portionen***	***15 Minuten***	***20 Minuten***	***35 Minuten***

440 kcal | 69 g KH | 12 g EW | 11 g F

Zutaten für 4 Portionen

- 250 g Nestnudeln, gekocht
- Salz & Pfeffer
- 120 g Lauch, in Ringen
- 3 Knoblauchzehen, gehackt
- 1 Chili, gehackt
- 150 g Federkohl, in Streifen
- 2 Möhren, in Scheiben
- 1 Fenchelknolle, gewürfelt
- 4 EL Wok-Öl
- 100 ml Wasser
- 5 g Ingwer, gehackt
- 6 EL Chilisoße
- 3 EL Sojasoße
- 1 TL Sesamöl

Zubereitung

1) Erhitzen Sie den Wok und geben Sie das Öl hinein.
2) Braten Sie Knoblauch, Chili, Ingwer und Lauch an.
3) Löschen Sie alles mit dem Wasser ab und heben Sie die restlichen Zutaten mit den Nudeln unter.
4) Mit den Soßen würzen und frisch servieren.

100. Nudel Wok

				Kategorie ***Vegetarisch***
Level	Portionen	Vorbereitungszeit	Kochzeit	Gesamtzeit
Leicht	***3 Portionen***	***10 Minuten***	***20 Minuten***	***30 Minuten***

490 kcal | 58 g KH | 17 g EW | 13 g F

Zutaten für 3 Portionen

- 1 Knoblauch, gehackt
- 1 Chili, gehackt
- 250 g Orecchiette, gekocht
- 1 TL Chiliflocken
- 3 EL ÖL
- 4 Sardellenfilet, gehackt
- 4 EL Pecorino, gerieben zum Bestreuen
- 1 Brokkoli, in Röschen

Zubereitung

1) Erhitzen Sie den Wok.
2) Öl mit Knoblauch, Chili, Sardellen und Chiliflocken in den Wok geben und die Mischung gut anbraten.
3) Geben Sie den Brokkoli dazu und braten diesen ebenfalls gut an.
4) Lassen Sie die Mischung fünf Minuten köcheln und heben Sie die Nudeln unter.
5) Mit dem frischen Pecorino servieren.

101. Spargel Wok

				Kategorie ***Vegetarisch***
Level	Portionen	Vorbereitungszeit	Kochzeit	Gesamtzeit
Leicht	***4 Portionen***	***10 Minuten***	***25 Minuten***	***35 Minuten***

550 kcal | 51 g KH | 19 g EW | 12 g F

Zutaten für 4 Portionen

- 1 kg Spargel, weiß in Stücken
- 500 g Spargel, grün, in Stücken
- 3 Frühlingszwiebeln, in Ringen
- 5 g Ingwer, gerieben
- 1 Chili, gehackt
- 250 g Duftreis, gekocht
- Salz & Pfeffer
- 4 EL Öl
- 2 EL Sesamsaat
- 4 EL Sojasoße, hell
- 1 TL Zucker
- 4 TL Thai Basilikum, gehackt
- 4 Knoblauchzehen, gehackt
- 1 Limette, Saft

Zubereitung

1) Öl im Wok erhitzen.
2) Geben Sie den weißen Spargel hinein und braten Sie diesen gut an.
3) Danach den grünen Spargel hinzugeben und ebenfalls anbraten.
4) Frühlingszwiebeln, Gewürze, Sojasoße, Zucker und 50 Milliliter Wasser einrühren.
5) Alles abschmecken und würzen. Danach mit dem Basilikum garnieren und servieren.

Vegan

102. Ananas Gemüse

				Kategorie ***Vegan***
Level	Portionen	Vorbereitungszeit	Kochzeit	Gesamtzeit
Leicht	***4 Portionen***	***10 Minuten***	***25 Minuten***	***35 Minuten***

122 kcal | 18 g KH | 11 g EW | 5 g F

Zutaten für 4 Portionen

- 1 EL Alfalfesprossen-Keimlinge
- 1 EL Rettichkeimlinge
- 125 g Möhre, in Scheiben
- 125 g Zuckerschoten
- 50 g Ingwer, gehackt
- 2 Knoblauchzehen, gehackt
- 4 EL Sherry
- 2 EL Rohrzucker
- 200 ml Brühe
- 125 g Shiitakepilze, eingeweicht
- 100 g Chinakohl, in Streifen
- 1 EL Senfkeimlinge
- 1 EL Mungobohnen-Keimlinge
- 2 Chili, gehackt
- 150 g Ananas, in Stücken
- 4 EL Reisessig
- 1 TL Maisstärke

Zubereitung

1) Erhitzen Sie den Wok. Öl, Möhren, Pilze, Zuckerschoten, Chinakohl, Ingwer, Knoblauch, Chili, Salz und Pfeffer hinzufügen. Gut anbraten.
2) Flüssigkeiten mit der Maisstärke und dem Zucker verrühren.
3) Ananas, Sprossen und die Brühe hinzugeben.
4) 200 ml Wasser und Sherry-Mischung unterrühren, fünf Minuten eindicken lassen. Vor dem Servieren nochmals abschmecken.

103. Tofu Wok

				Kategorie **_Vegan_**
Level	Portionen	Vorbereitungs zeit	Kochzeit	Gesamtzeit
Leicht	***4 Portionen***	***20 Minuten***	***30 Minuten***	***50 Minuten***

568 kcal | 51 g KH | 31 g EW | 30 g F

Zutaten für 4 Portionen

- 3 Pak Choi, in Streifen
- 1 Brokkoli, in Röschen
- 200 g Räuchertofu, in Stücken
- 200 g Champignons, braun, in Scheiben
- 1 Paprika, rot, gewürfelt
- ½ Bund Frühlingszwiebeln, in Ringen
- 100 g Mungobohnen-Sprossen
- 3 EL Sojasoße
- 2 EL Sesamöl
- 2 EL Erdnussbutter
- ½ Limette, Saft
- Salz & Pfeffer
- 3 Möhren, in Scheiben
- 1 EL Chiliflocken
- 50 g Erdnüsse, gesalzen zum Garnieren
- ½ Bund Koriander, gehackt, zum Garnieren

Zubereitung

1) Öl in den heißen Wok geben.
2) Braten Sie Brokkoli, Sojasoße, Erdnussbutter, Chiliflocken, Möhren und die Champignons an.
3) Geben Sie den Tofu dazu und braten Sie ihn ebenfalls gut an.
4) Geben Sie die restlichen Zutaten dazu und würzen Sie alles gut durch.
5) Lassen Sie die Mischung für fünf bis acht Minuten garen.
6) Mit dem frischen Koriander servieren.

104. Erdnuss Wok

				Kategorie ***Vegan***
Level	Portionen	Vorbereitungs zeit	Kochzeit	Gesamtzeit
Leicht	***4 Portionen***	***20 Minuten***	***30 Minuten***	***50 Minuten***

563 kcal | 72 g KH | 14 g EW | 26 g F

Zutaten für 4 Portionen

- 240 g Reis, gekocht
- 1 EL Öl
- 750 g Wok-Gemüse
- 20 g Ingwer, gehackt
- 3 EL Erdnussbutter
- 400 ml Kokosmilch
- Salz & Pfeffer

Zubereitung

1) Nehmen Sie das Öl sowie den Ingwer und braten Sie beides in ihrem Wok an.
2) Geben Sie die Wok Mischung hinzu und braten Sie auch diese kurz an.
3) Mit der Kokosmilch ablöschen und die Erdnussbutter einrühren.
4) Alles abschmecken und servieren.

105. Sesam Tofu Wok

				Kategorie ***Vegan***
Level	Portionen	Vorbereitungs zeit	Kochzeit	Gesamtzeit
Leicht	***4 Portionen***	***70 Minuten***	***20 Minuten***	***90 Minuten***

723kcal | 61 g KH | 23 g EW | 17 g F

Zutaten für 4 Portionen

- 200 g Tofu, in Würfel
- 100 g Möhren, in Scheiben
- 125 ml Sojasoße
- 150 g Austernpilze
- 150 g Sojasprossen
- 150 g Zuckerschote
- 160 ml Sojasoße
- 250 g Linguine, gekocht
- 2 Chili, gehackt
- 1 Knoblauchzehe, gehackt
- Salz & Pfeffer
- 6 EL Sesamsamen, geröstet, zum Garnieren
- 1 Paprika, rot, gewürfelt
- 4 EL Weizenmehl
- ½ Bund Koriander, gehackt

Zubereitung

1) Vermischen Sie den Tofu mit der Sojasoße und lassen Sie die Mischung für 30 Minuten ruhen.
2) Erhitzen Sie das Öl im Wok und braten Sie das Gemüse darin an.
3) Geben Sie den Zucker sowie die Sojasoße und den Tofu dazu und mischen Sie alles unter.
4) Verrühren Sie die Soßen mit dem Mehl und heben Sie die Mischung unter das Pfannengericht.
5) Alles für fünf Minuten garen lassen. Mit dem Koriander und den Sesamsamen garnieren.
6) Sesam-Tofu-Pfanne mit den Nudeln servieren.

106. Shiitake Wok

				Kategorie ***Vegan***
Level	Portionen	Vorbereitungs zeit	Kochzeit	Gesamtzeit
Leicht	***4 Portionen***	***20 Minuten***	***20 Minuten***	***40 Minuten***

319 kcal | 18 g KH | 12 g EW | 11 g F

Zutaten für 4 Portionen

- 1 Lauchstange, in Ringen
- 1 Zucchini, in Stücken
- 200 g Shiitake, eingeweicht
- 50 g Morcheln, getrocknet, gehackt
- 250 g Brokkoli, in Röschen
- 1 EL Zucker
- 4 EL Sojasoße
- 1 EL Sesamsamen, geröstet zum Garnieren
- 5 g Ingwer, gehackt
- 1 Paprika, rot, gewürfelt
- 1 Karotte, in Scheiben
- 1 Chili, gehackt

Zubereitung

1) Lassen Sie die Morcheln für zehn Minuten im warmen Wasser quellen, danach das Wasser abgießen.
2) Erhitzen Sie das Öl im Wok und braten Sie das Gemüse sowie die Morcheln darin an.
3) Lassen Sie alles für acht Minuten garen.
4) Geben Sie den Zucker und den Sesam dazu und mischen Sie alles gut durch.
5) Vor dem Servieren nochmals würzen und abschmecken.

107. Ingwer Wok

				Kategorie ***Vegan***
Level	Portionen	Vorbereitungszeit	Kochzeit	Gesamtzeit
Mittel	***4 Portionen***	***10 Minuten***	***20 Minuten***	***30 Minuten***

112 kcal | 13 g KH | 12 g EW | 13 g F

Zutaten für 4 Portionen

- 1 Chili, gehackt
- 250 g Tofu, in Würfel
- 3 EL Sojasoße
- 250 g Zuckerschoten
- 150 g Lauchzwiebeln, in Ringen
- 500 g Kirschtomaten, halbiert
- 250 g Karotten, in Scheiben
- Salz & Pfeffer
- 20 g Ingwer, gerieben
- 4 EL Öl

Zubereitung

1) Den Tofu mit Ingwer, Öl, Sojasoße mischen und 30 Minuten marinieren.
2) Den Wok erhitzen. Das Öl mit dem Tofu hineingeben, gut anbraten.
3) Das Gemüse hinzufügen und mit anbraten.
4) Die Mischung fünf Minuten garen, danach abschmecken und bei Bedarf nachwürzen.
5) Sofort heiß servieren.

108. Blitz Wok

				Kategorie ***Vegan***
Level	Portionen	Vorbereitungs zeit	Kochzeit	Gesamtzeit
Leicht	***4 Portionen***	***5 Minuten***	***10 Minuten***	***15 Minuten***

717 kcal | 27 g KH | 21 g EW | 15 g F

Zutaten für 4 Portionen

- 800 g Wok-Gemüse
- 2 Chili, gehackt
- 1 Knoblauch, gehackt
- 1 TL Ingwer, gemahlen
- 3 EL Sojasoße
- 2 TL Sesamöl
- 500 g Tofu, in Würfel
- 1 TL Ahornsirup

Zubereitung

1) Geben Sie das Öl in den heißen Wok. Tofu, Sojasoße, Knoblauch, Ingwer und Ahornsirup hinzugeben.
2) Karamellisieren Sie den Tofu und geben Sie das Gemüse und den Chili dazu.
3) Alles für fünf Minuten braten und servieren.

109. Gemüsecurry

				Kategorie ***Vegan***
Level	Portionen	Vorbereitungszeit	Kochzeit	Gesamtzeit
Leicht	***4 Portionen***	***10 Minuten***	***10 Minuten***	***20 Minuten***

455 kcal | 15 g KH | 32 g EW | 26 g F

Zutaten für 4 Portionen

- 250 g Couscous
- 60 g Cashewkerne
- 200 ml vegane Kochcreme
- 2 EL Öl
- 750 g Wok-Gemüse, TK
- 1 Päckchen Knorr „Mildes Curry"

Zubereitung

1) Den Wok erhitzen und das Gemüse darin anbraten.
2) 250 ml Wasser hinzugeben und „Mildes Curry" einrühren.
3) Couscous mit 500 ml heißem Wasser übergießen, mit Salz und Pfeffer würzen und abgedeckt zehn Minuten ruhen lassen. Umrühren und mit der Wok-Mischung servieren.
4) Die Cashewkerne grob hacken und darüber streuen.

110. Weißkohl Wok

				Kategorie ***Vegan***
Level	Portionen	Vorbereitungs zeit	Kochzeit	Gesamtzeit
Leicht	***4 Portionen***	***10 Minuten***	***10 Minuten***	***20 Minuten***

149 kcal | 13 g KH | 18 g EW | 6,3 g F

Zutaten für 4 Portionen

- 200 g Zuckerschoten
- 2 EL Reiswein
- 2 EL Sojasoße
- Salz & Pfeffer
- 1 Paprika, gelb, gehackt
- 25 g Shiitakepilze, eingeweicht
- 300 g Weißkohl, in Streifen
- 200 g Maiskölbchen, halbiert
- 2 Fleischtomaten, gehackt
- 1 TL Sambal Oelek
- 200 g Mungobohnen-Sprossen, abgetropft
- 1 Knoblauchzehe, gehackt
- 6 g Ingwer, gehackt

Zubereitung

1) Den Wok erhitzen, Gemüse, Ingwer, Knoblauch und Pilze hineingeben und alles scharf anbraten.
2) Reiswein, Sojasoße, Sambal Oelek und Salz sowie Pfeffer dazugeben.
3) Abschmecken und servieren.

111. Tofu Gemüse Wok

				Kategorie ***Vegan***
Level	Portionen	Vorbereitungszeit	Kochzeit	Gesamtzeit
Leicht	***2 Portionen***	***30 Minuten***	***10 Minuten***	***40 Minuten***

164 kcal | 18 g KH | 13 g EW | 9 g F

Zutaten für 2 Portionen

- 3 Schalotten, gehackt
- 100 g Champignons, in Scheiben
- 2 Paprika, rot, gewürfelt
- 300 g Tofu, in Würfeln
- 200 g Sojasprossen
- 200 g Brokkoli, in Röschen
- 2 EL Öl
- 5 EL Sojasoße

Zubereitung

1) Legen Sie den Tofu für 15 Minuten in der Sojasoße ein.
2) Tofu herausnehmen und den Wok mit dem Öl erhitzen.
3) Den Tofu darin scharf anbraten, Pilze und Brokkoli dazugeben und ebenfalls anbraten.
4) Zum Schluss Paprika, Champignons, Schalotten und Sojasprossen in den Wok geben und mitbraten.
5) Mit etwas Sojasoße würzen und die Tofu-Gemüse-Pfanne sofort servieren.

112. Bunter Wok

Level	Portionen	Vorbereitungszeit	Kochzeit	Kategorie **Vegan** Gesamtzeit
Leicht	***2 Portionen***	***15 Minuten***	***15 Minuten***	***30 Minuten***

265 kcal | 18 g KH | 8 g EW | 3 g F

Zutaten für 2 Portionen

- 100 g Blumenkohl, in Röschen
- 50 g Zuckerschoten
- 2 EL Teriyakisoße
- 1 Möhre, in Stiften
- 1 Paprika, rot, gewürfelt
- 4 EL Öl

Zubereitung

1) Zunächst den Wok stark erhitzen.
2) Fügen Sie nun Öl und Gemüse hinzu.
3) Braten Sie alles fünf bis zehn Minuten an und geben Sie dann die Teriyakisoße dazu.
4) Danach für fünf Minuten ruhen lassen, alles erneut durchmischen und servieren.

113. Fenchel Wok

				Kategorie ***Vegan***
Level	Portionen	Vorbereitungszeit	Kochzeit	Gesamtzeit
Leicht	***3 Portionen***	***10 Minuten***	***30 Minuten***	***40 Minuten***

262 kcal | 29 g KH | 12 g EW | 7 g F

Zutaten für 3 Portionen

- 600 g Kartoffeln, in Würfeln
- 1 TL Cayennepfeffer
- 120 ml Brühe
- 600 g Fenchel, in Stücken
- 1 TL Salz
- 2 EL Öl
- 1 TL Kümmel, gemahlen

Zubereitung

1) Zunächst den Wok erhitzen, dann das Öl hineingeben.
2) Rösten Sie den Kümmel im heißen Öl an und geben Sie die Kartoffeln sowie den Fenchel dazu. Braten Sie beides knusprig an und füllen Sie den Wok mit der Brühe auf.
3) Alles gut verrühren und für 20 Minuten köcheln lassen.
4) Abschmecken, würzen und sofort servieren.

114. Lauch Wok

				Kategorie ***Vegan***
Level	Portionen	Vorbereitungs zeit	Kochzeit	Gesamtzeit
Leicht	***2 Portionen***	***15Minuten***	***20 Minuten***	***35 Minuten***

312 kcal | 15 g KH | 32 g EW | 26 g F

Zutaten für 2 Portionen

- 2 EL Petersilie, gehackt
- 75 g Kichererbsen, gekocht
- 1 EL Ahornsirup
- 3 EL Rotweinessig
- 1 EL vegane Butter
- 3 EL veganer Parmesan
- 75 ml Sojamilch
- 150 g Hirse
- 1 TL Salz
- 1 EL Öl
- 2 TL Pfeffer
- 400 g Lauch, in Ringen
- 1 TL Salz

Zubereitung

1) Kochen Sie 300 ml heißes Wasser und rühren Sie die Hirse ein. Abdecken und ruhen lassen.
2) Olivenöl, Sojamilch, Parmesan und den Pfeffer miteinander verrühren und unter die Hirse heben. Alles gut umrühren und weitere zehn Minuten ruhen lassen.
3) Nun den Wok erhitzen und den Lauch darin anbraten.
4) Ahornsirup hinein geben und den Lauch karamellisieren. Mit Rotweinessig und Butter ablöschen, zwei Minuten köcheln lassen.
5) Richten Sie alle Zutaten zusammen in einer Schüssel oder auf Tellern an.

115. Teriyaki Wok

				Kategorie **_Vegan_**
Level	Portionen	Vorbereitungszeit	Kochzeit	Gesamtzeit
Leicht	***4 Portionen***	***25 Minuten***	***25 Minuten***	***50 Minuten***

766 kcal | 97 g KH | 25 g EW | 31 g F

Zutaten für 4 Portionen

- 1 EL Stärke
- 1 Limettensaft
- 9 EL Sojasoße
- 2 EL Ahornsirup
- 300 g Tofu, in Würfel
- 8 EL Mirin
- 1 Knoblauchzehe, gehackt
- 1 Brokkoli, in Röschen
- 1 Paprika, rot, gehackt
- 2 Möhren, in Scheiben
- 5 EL Öl
- 450 g Mie-Nudeln, gekocht

Zubereitung

1) Mirin, Sojasoße, Knoblauch, Limettensaft, 2 Esslöffel Wasser, die Stärke und den Agavendicksaft und vermischen Sie dies.
2) Erhitzen Sie den Wok und geben Sie das Öl mit dem Tofu hinein, braten Sie diesen scharf an.
3) Geben Sie das Gemüse dazu und braten es ebenfalls an.
4) Heben Sie die Soße unter, leicht andicken lassen.
5) Die Nudeln unterheben und servieren.

116. Reisnudel Wok

				Kategorie ***Vegan***
Level	Portionen	Vorbereitungszeit	Kochzeit	Gesamtzeit
Leicht	***2 Portionen***	***10 Minuten***	***15 Minuten***	***25 Minuten***

634 kcal | 46 g KH | 19 g EW | 19 g F

Zutaten für 2 Portionen

- 150 g Reisnudeln, gekocht
- ½ Stange Lauch, in Ringen
- 1 Knoblauchzehe, gehackt
- 1 EL Reisessig
- 3 EL Sojasoße
- ½ Limette, Saft
- 100 g Brokkoli, in Röschen
- 2 EL Massaman Currypaste
- 3 EL Erdnussöl
- 5 g Ingwer, gehackt
- 1 Karotte, in Scheiben
- 60 g Bambussprossen

Zubereitung

1) Erhitzen Sie den Wok, geben Sie das Öl hinein.
2) Braten Sie Lauch, Brokkoli, Ingwer und die Karotte mit dem Ingwer, Currypaste, Knoblauch, Sojasoße, Reisessig und dem Limettensaft an.
3) Heben Sie die restlichen Zutaten unter, lassen Sie alles für weitere fünf Minuten köcheln.
4) Würzen, abschmecken und servieren.

117. Honey Wok

				Kategorie ***Vegan***
Level	Portionen	Vorbereitungszeit	Kochzeit	Gesamtzeit
Leicht	***4 Portionen***	***10 Minuten***	***15 Minuten***	***25 Minuten***

150 kcal | 15 g KH | 5 g EW | 8 g F

Zutaten für 4 Portionen

- 2 rote Zwiebel, gehackt
- 1 TL Honig, flüssig
- 5 g Ingwer, gehackt
- 150 g Zuckerschoten
- 1 Chicorée, in Stücken
- 50 g Edamame Kerne, TK, aufgetaut
- 100 g Shiitakepilze, eingeweicht
- 1 EL Sesamsaat
- 2 EL Sesamöl
- 3 EL trockener Sherry

Zubereitung

1) Erhitzen Sie das Öl im Wok, geben Sie den Chicorée hinein und braten Sie ihn golden an.
2) Fügen Sie Knoblauch, Ingwer, Pilze, Zuckerschoten und Edamame hinzu. Braten Sie alles gemeinsam an.
3) Rühren Sie Sherry, Honig und die Sojasoße unter.
4) Abschmecken und servieren.

118. Reis Wok

				Kategorie ***Vegan***
Level	Portionen	Vorbereitungs zeit	Kochzeit	Gesamtzeit
Leicht	***4 Portionen***	***10 Minuten***	***20 Minuten***	***30 Minuten***

382 kcal | 22 g KH | 44 g EW | 12 g F

Zutaten für 4 Portionen

- 500 g Seitan, gewürfelt
- 3 rote Zwiebel, gehackt
- 2 Zucchini, in Würfel
- 2 Lauchzwiebeln, in Ringen
- 2 EL Öl
- 3 Knoblauchzehen, gehackt
- 4 EL Sojasoße
- 8 EL Ketchup
- 1 EL Speisestärke
- ½ TL Cayennepfeffer
- 150 ml Brühe
- 3 EL Essig
- 2 Möhren, gestiftet

Zubereitung

1) Seitan mit den Zwiebeln, Möhren, Lauchzwiebeln sowie den Zucchini in ihrem heißen Wok mit dem Öl anbraten.
2) Vermischen Sie die Brühe mit dem Ketchup sowie den Gewürzen und heben Sie alles unter die Wok-Mischung.
3) Lassen Sie alles fünf Minuten köcheln.
4) Abschmecken und servieren.

119. Balance Wok

				Kategorie ***Vegan***
Level	Portionen	Vorbereitungs zeit	Kochzeit	Gesamtzeit
Leicht	***4 Portionen***	***20 Minuten***	***20 Minuten***	***40 Minuten***

180 kcal | 12 g KH | 12 g EW | 9 g F

Zutaten für 4 Portionen

- 2 cm Ingwer, gehackt
- 2 Paprika, rot, gewürfelt
- 3 Pak Choi, in Streifen
- ½ Bund Koriander, gehackt, zum Garnieren
- Salz & Pfeffer
- 2 EL Öl
- 4 EL Sojasoße
- 1 Knoblauchzehe, gehackt
- 200 g Tofu, gewürfelt
- 1 EL Agavendicksaft

Zubereitung

1) Vermischen Sie Knoblauch, Ingwer, Tofu, Agavendicksaft und Sojasoße mit zwei Esslöffeln Wasser. Lassen Sie den Tofu darin marinieren.
2) Erhitzen Sie den Wok und geben Sie das Öl hinein.
3) Braten Sie den Tofu ohne die Marinade an, geben Sie das Gemüse dazu. Nach dem Anbraten rühren Sie die Marinade unter.
4) Lassen Sie alles fünf Minuten garen und servieren Sie es mit frischem Koriander.

120. Kefen Wok

				Kategorie ***Vegan***
Level	Portionen	Vorbereitungs zeit	Kochzeit	Gesamtzeit
Leicht	***4 Portionen***	***10 Minuten***	***20 Minuten***	***30 Minuten***

415 kcal | 32 g KH | 15 g EW | 11 g F

Zutaten für 4 Portionen

- 50 g Kefen, in Streifen
- 2 Peperoni, gehackt
- Salz & Pfeffer
- 300 g Chinanudeln, gekocht
- 1 TL Koriander, gemahlen
- ½ Rettich, in Stifte
- 1 Möhre, in Stiften
- ½ TL Sambal Oelek
- 3 EL Sojasoße
- 1 gelbe Möhre, in Stiften
- 4 EL Sesamöl

Zubereitung

1) Wok erhitzen, dann das Öl hineingeben. Gemüse und Kefen darin scharf anbraten.
2) Geben Sie die Nudeln hinzu und braten sie kurz mit.
3) Abschmecken und servieren.

Schlusswort

Wer anfängt mit einer neuen Richtung seiner Mahlzeiten, hat oft viele Fragen. Hoffentlich konnte ich einen Großteil davon beantworten. Die Grundlagen wo der Unterschied zwischen einem Wok und einer Pfanne liegt, aus welchen Material sollte ein Wok bestehen. Welches Öl bei welcher Temperatur und welche Garmethoden in einem Wok möglich sind. Ein große Auswahl an Rezepten zu den Hauptgeschmacksrichtungen Fisch, Meeresfrüchte, Fleisch, vegetarisch und vegan zeigen einen Einblick in die asiatische Küche. Einige, vielleicht befremdliche Zutaten bekommt man in Läden, die sich auf die Asiatische Küche spezialisiert haben. Es lohnt sich durch das vielfältige Angebot diese Asialäden inspirieren zu lassen.

Mein Rezept:____________________

___KH g | ___EW g | ___F g

Zubereitungszeit: ___ min
Portionen: ___
Schwierigkeit: ________

Zutaten

- Zutat 1:____________
- Zutat 2:____________
- Zutat 3:____________
- Zutat 4:____________
- Zutat 5:____________
- Zutat 6:____________
- Zutat 7:____________
- Zutat 8:____________
- Zutat 9:____________
- Zutat 10:____________

Zubereitung

1) ____

2) ____

3) ____

4) ____

5) ____

6) ____

7) ____

Mein Rezept:____________________

___KH g | ___EW g | ___F g

Zubereitungszeit: ___ **min**
Portionen: ___
Schwierigkeit: ________

Zutaten

- Zutat 1:____________
- Zutat 2:____________
- Zutat 3:____________
- Zutat 4:____________
- Zutat 5:____________
- Zutat 6:____________
- Zutat 7:____________
- Zutat 8:____________
- Zutat 9:____________
- Zutat 10:____________

Zubereitung

1) ____

2) ____

3) ____

4) ____

5) ____

6) ____

7) ____

Mein Rezept:____________________

___KH g | ___EW g | ___F g

Zubereitungszeit: ___ min
Portionen: ___
Schwierigkeit: ________

Zutaten

- Zutat 1:____________
- Zutat 2:____________
- Zutat 3:____________
- Zutat 4:____________
- Zutat 5:____________
- Zutat 6:____________
- Zutat 7:____________
- Zutat 8:____________
- Zutat 9:____________
- Zutat 10:____________

Zubereitung

1) ____

2) ____

3) ____

4) ____

5) ____

6) ____

7) ____

Rechtliches

Impressum:

Felix Heilemann wird vertreten durch:

Hergen Oltmanns
Vitusstraße 12a
26169 Friesoythe
Deutschland

Bild: https://de.depositphotos.com/24510913/stock-photo-noodles-with-vegetables-on-wok.html